6
月面着陸編・上
牧野圭祐
ill.かれい
月とライカと吸血姫《ノスフェラトゥ》
Носферату
JN049370

Contents

監修：松浦晋也

Луна, Лайка и Носферату

●Cover & Logo design／Junya Arai＋Bay Bridge Studio

イリナ・ルミネスク
オデットはイリナに
真剣な眼差しを向ける。
「レフさんと月へ行くという夢を
叶えてくださいっ！」
「！」レフは胸がドキッと鳴る。
「し――――っ！」
イリナは慌てて
オデットの口を手で押さえる。
「その夢、禁句。いいわね？」
「ひゃい」

「覗き見。月なんて、やっぱり大嫌い」
そう言って、
カイエは魔法をかけるように、
人差し指をスッと月に向ける。
「月の瞳に宇宙船を着陸させて、
もう見られないようにしてあげる」
カイエ・スカーレット

オデット・フェリセト
レフ・レプス

月とライカと吸血姫《ノスフェラトゥ》 6

月面着陸編・上

牧野圭祐
ill.かれい

人物紹介 Луна, Лайка и Носферату

■レフ・レプス …… 訓練センター副長官を務める青年。空軍大佐。人間初の宇宙飛行士。
■イリナ・ルミネスク …… 訓練センター教官を務める吸血鬼。空軍中佐。人類史上初の宇宙飛行士。

■ヴォルコフ…… 共和国国立科学院、宇宙科学研究所の所長。

■スラヴァ・コローヴィン …… ロケット・宇宙船の設計主任。病に倒れた。
■ヴィクトール …… 訓練センター長官。空軍中将。大戦の英雄。
■クセニア・コローヴィナ…… コローヴィンの娘。

■フョードル・ゲルギエフ …… 第一書記。共和国の最高指導者。
■リュドミラ・ハルロヴァ …… ゲルギエフの側近、文章担当秘書官。

■バート・ファイフィールド …… ANSAに勤める技術職の青年。『アーナック・ワン』の広報員。
■カイエ・スカーレット …… ANSAに勤める新血種族の才媛。『アーナック・ワン』の広報員。

■ネイサン・ルイス …… ANSA宇宙飛行士育成室の室長。
■オデット・フェリセト …… ANSA女性宇宙飛行士。新血種族。

■サンダンシア・ソフィ・アリシア …… 連合王国の若き女王。

КОНФИДЕНЦИАЛЬНО

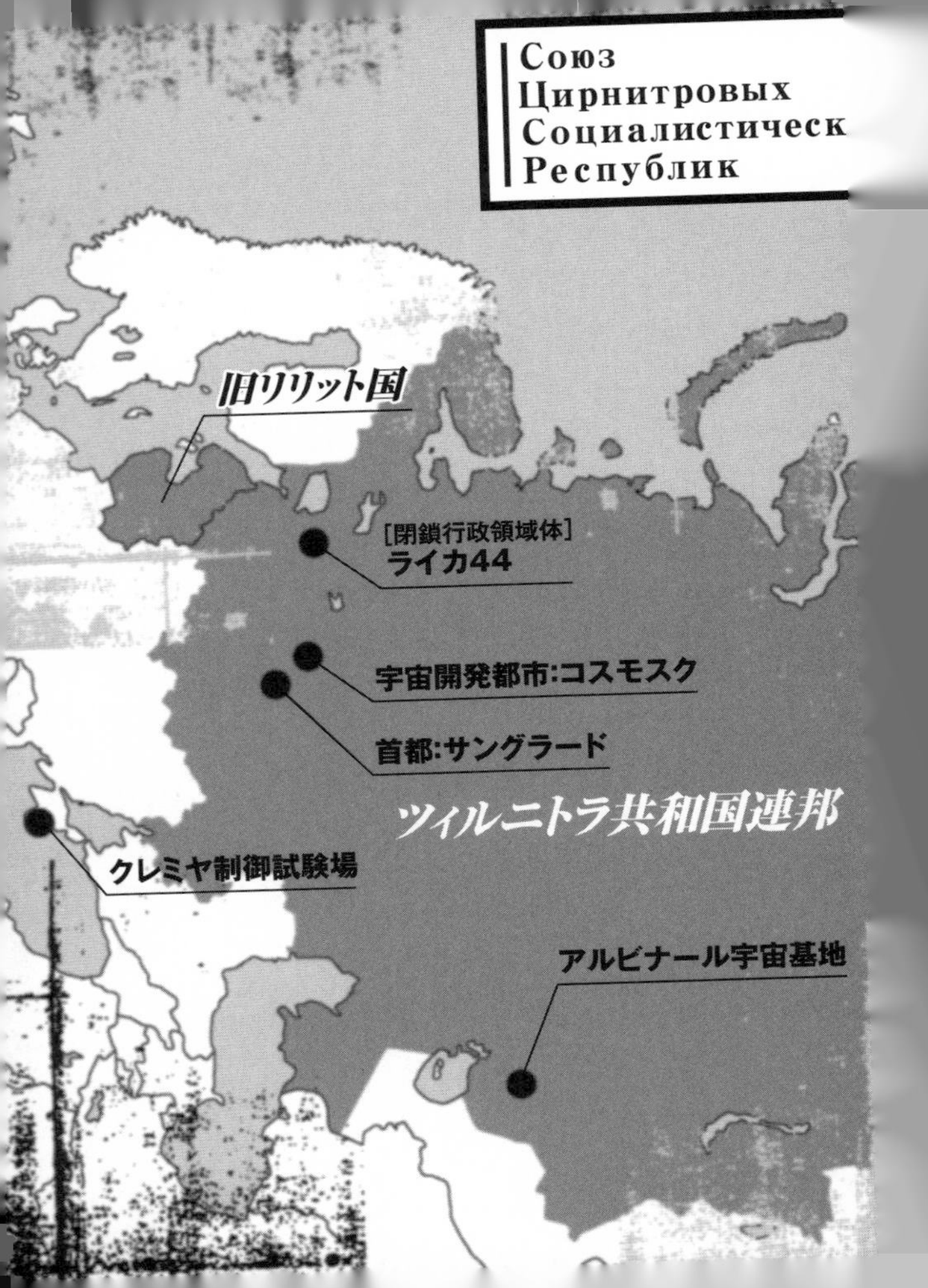
Союз
Цирнитровых
Социалистическ
Республик
旧リリット国
[閉鎖行政領域体]
ライカ44
宇宙開発都市:コスモスク
首都:サングラード
ツィルニトラ共和国連邦
クレミヤ制御試験場
アルビナール宇宙基地

United Kingdom of Arnack
グランブリッジ工科大学
首都:エリクソン特別区
HQ
万博会場
マリンシティ
アーナック連合王国
ロケット開発センター
航空研究所
Imprisoned Island
『囚われの島』
ニューマーセイル市
〈ライカ・クレセント〉
~Like a Crescent~
ロケット発射センター
有人宇宙船センター
三日月区
月影区
RESERCH CENTER
FLIGHT CENTER
MISSILE RANGE

航海のはじまりを、誰もが熱を持って見守る。
将校は、点火の合図を出す。
大砲から、学者たちを乗せた弾が撃ち出される。
弾は、宇宙へ消えてゆく。

弾は月へぐんぐん近づく。
月はみるみるうちに大きくなる。
月は巨大に——
突然、弾は月の瞳に接吻する。

弾は墜落。

降りた学者たちは、未知の世界に歓喜する。

地平線の向こうから、地球がゆっくりと昇ってくる。

幻想的な光で照らされる。

映画『月世界旅行』（一九〇二年製作）より

第一章　『サユース計画』始動

藍の瞳　Очи индиго

壮美な夕陽が差し込む最高指導者の執務室で、リュドミラはゲルギエフに冷たく言い放つ。

「人類の歴史において、一国で全世界を支配できた例はない。わかってるよね？」

「うむ……」

有人月面着陸を連合王国との共同事業とする件について、レフとイリナはゲルギエフに直訴し、その場で了承を得たが、あらためて諭している。

なぜか。

良くも悪くも、ゲルギエフはすぐに意見を変えるからだ。この先、心が揺らがないように、リュドミラは厳しく追い込む。

「奢《おご》る者は必ず衰退し、滅んできた。あなたも、この国も、同じ道を辿《たど》っている。『史上初の地球征服国家』を狙《ねら》って欲張れば、身を滅ぼす。実際、求心力は低下しているわ。国家も、あなたも。それもすべて、あなたの失政のせい。そうでしょ？」

「う、うむ……」

たたみかけられ、自動人形のように頷《うなず》くゲルギエフに、リュドミラは安心しなさいという笑みを投げる。

「でも、今ならまだ間に合うわ。連合王国と手を組めば、浮上できる。消耗するだけの争いを終えて、東西の二大国による地球支配を目指す。どう？」

秘書官による最高指導者の洗脳作業を横目に、レフは、〈運送屋〉本部の地下室で聞いた、リュドミラの言葉を思い出す。

「――共和国連邦の解体と再構築」

「――この国を『真のすばらしき楽園』として建て直す」

そして、連合王国との団結は、その第一歩だと。

リュドミラは毒々しい色の飴玉《あめだま》を舌で転がしながら、ゲルギエフの心に釘を刺していく。

「有人月面着陸を成功させたところで、多額の賞金が得られるわけでも、未知の素材が手に入るわけでもない。今の人類には、月面に軍事基地を作れるほどの技術もない。では、何のために巨費を投入してきた？」

「連合王国に勝つため……」

「ええ。でも、今の計画で月に挑んでも、宇宙で散るだけ。……そうよね、レフ君？」

レフは重々しく頷く。

「あのチーフが見限っていたんです。無理だと考えるのが妥当でしょう。少なくとも私には、自分やイリナが月に降り立つ姿は想像できません」

有人月面着陸を成功させるために必要不可欠である三つの技術を、ゲルギエフに教える。

人を乗せて月まで飛行する『司令・機械船』。

月に降りるための『月着陸船』

そして、それらを打ち上げる『大型ロケット』。

どれが欠けても、偉業の達成は不可能。

まず、開発中の大型ロケット『C-I』に関して。もしこれが完成するならば、共和国単独での有人月面着陸も見えてくるが、予算が足りず、その上、技術面でもコローヴィンに「実用化は不可能」と酷評されている。

もし仮に『C-I』ロケットが完成しても、月着陸船が用意できない。開発は遅れており、六〇年代に終わる見込みがない。遅延の原因は、完全自動操縦にこだわりすぎていることと、予算不足。

月着陸船の開発は、想定していた以上に困難を極めている。なぜなら、『重力の異なる天体に、安全に人を降ろす乗り物』など、これまで概念すらも存在しなかったためだ。しかも、『C-I』が完成する前提で重量が計算されており、計画はほぼ破綻《はたん》している。未完のロケットと月着陸船という予算を食い潰《つぶ》す金食い虫を、二匹も飼っている状態だ。

つまり、共和国で実用化の目処《めど》が立っているものは、コローヴィンの設計した『ロージナ宇宙船』のみ。

これを共同事業とする場合は、連合王国に不足部分を補ってもらう形になるが、幸いにして、あちらは大型ロケットの打ち上げに成功しており、逆に『司令・機械船』が未完成である。

これらの条件を踏まえて、レフはゲルギエフに言う。

「共同事業の構想を進める前に、お伝えすべき懸念がいくつかあります。まず、チーフの考えた計画は一年以上も前のものですから、現在の両国の技術で可能なのか、あらためて確認しなければなりません。あちらも月着陸船の開発には相当手こずっているという情報が入ってます。そして何よりも大きな点は、あちらが共同事業を受け入れるかどうか。連合王国の宇宙開発は、死亡事故の影響で停滞しており、今後は不透明です」

「うむ……」

弱った顔のゲルギエフに、リュドミラは淡々と告げる。

「ともかく、チーフの考えた計画の検証を進めるわ」

「頼む。宇宙開発が、私の最後の砦《とりで》なのだ……」

一九五七年に史上初の人工衛星で宇宙時代を切り開き、栄華を誇ったゲルギエフも、失敗を重ね、たった一〇年で地に落ちた。もはやリュドミラとその背後にいる組織の傀儡《かいらい》だ。

そのような状況下で、レフは自分の道を進むと固く決意をしている。

欲望にまみれた者たちが国家を牛耳ろうと、有人月面着陸計画が上手《うま》く運ぶのならば、どうでもいい。上層部の野望を果たすために駒として利用されるなら、こちらも利用する。そうでなければ、ゲルギエフのように潰《つぶ》され、枯れるまで吸い尽くされるだけだ。

連合王国との協力は社会をより良くするものだと信じて、そして、自分の隣にいるイリナのために——穢《けが》れた権力者に嫌悪の眼差《まなざ》しを向ける彼女と月へ行くために、巨悪の掌《てのひら》で生き抜く。

ゲルギエフの説得が完了し、執務室を出ると、リュドミラはレフとイリナに言う。

「今度はあなたたちの番。『月と猟犬《ライカ》』について、記者会見の準備をする。騒動の落とし前を付けてよね」

宇宙開発の内情を暴露し、『東の妖術師』の共同開発計画を掲載した『月と猟犬』は、共和国内で発禁本とされた。見つけ次第回収され、燃やされる。複製や配布に手を貸したとなれば〔運送屋〕がやってくる。

しかし、それは共和国連邦内に限った話。有志の手によって国境を越え、各国の言語に複製された本は、世界中に広がっている。

☽☽☽

城塞区画《ネグリン》内の会見場に、政府公認の記者二〇名が招集された。

壇上には、レフとイリナが神妙な面持ちで並ぶ。これより、『月と猟犬』の内容に関する会見が行われる。

　まずはレフが意見を述べる。

「忌まわしき非合法書籍に書かれた開発現場は、嘘《うそ》ばかりです。反逆者による捏造《ねつぞう》を信じてはいけません」

　自分の書いた内容を、強い口調で虚偽だと断じる。そして、扇動と体制毀損《きそん》の大罪を、自身の代わりに処刑されてしまった親友になすりつける。

「首謀者はフランツ・フェルツマンという元技師です。職務怠慢で解雇になったというのに、我々に恨みを抱いていたようです」

　胸が痛い。彼はイリナを殺そうとしたが、それは逆らえない命令で、本意ではなかったはずだ。彼とは、まだ候補生の補欠だったころ、宇宙への夢を熱く語り合った。レフが宇宙飛行士になることを心から応援してくれていた。

　そんな彼を生贄《いけにえ》にして、さらに死体を蹴《け》るなど、レフはまったく望んでいなかった。自ら死を覚悟して、国家の首根っこに嚙《か》みついたはずだった。

　しかし、その悔しさを飲み込み、レフは被害者を演じる。

「宇宙飛行士隊の長、同志ヴィクトール中将も怒っています」

　フランツの犠牲によって命を救われたのは、ヴィクトール中将も同じ。〔運送屋〕に捕らえられて追及されたが、厳重注意のみで解放された。飛行士の監督役である彼がこのタイミングで事故死でもしたら、間違いなく死因を疑われるからだ。また、左遷や降格すらもないのは、『以前と何も変わらない宇宙開発現場』を演出することで、暴露を無意味なものとして扱う狙《ねら》いがある。

徹底的に隠蔽《いんぺい》する体質には気が滅入《めい》り、その片棒を担いでいる自分自身にもレフは嫌気が差すが、負の感情は、公の場では押し殺す。国家の意志で選出された『史上初の宇宙飛行士』の職務として、蜂蜜《はちみつ》を塗りたくった舌で、甘い嘘《うそ》を吐《つ》く。

「同志諸君へ。複製をしている者は、すぐに止めていただきたい」

——お前はすっかり共和国の権力者らしくなってしまったな。

両親がこの会見を見たら、そう言うかもしれない。レフは心の中で自分を貶《けな》しながら、記者に向けて注意喚起をする。

「宇宙開発の内情は、国家機密で明かせない部分も多く、非合法書籍内のどれが嘘でどれが真実とは言えません。政府の発表したことがすべてです」

レフが話し終えると、つぎはイリナが吸血鬼《ノスフェラトゥ》について書かれた部分を訂正していく。

イリナは無表情で冷ややかに言う。

「本の中に、『吸血鬼は人間ではないから、実験で死んでも構わない』と書かれていました。そんなことはありません。『ノスフェラトゥ計画』は捏造《ねつぞう》です。私は自ら飛行士に志願しました。人間とは異なる種族の私に対して、同志レフ・レプスをはじめとして、皆さん、よくしてくれました」

彼女の心中を察すると、レフはやりきれない。『月と猟犬』による暴露で、政府を揺るがし、世界に衝撃を与えられたのは狙いどおりだったが、『ノスフェラトゥ計画』については、あちこちから予想外の反応が返ってきていた。とくに看過できないものとして、イリナは性的奴隷にされていたという噂《うわさ》がある。

その点を、イリナはきっぱりと否定する。

「閉鎖都市で、私は非道な扱いを受けていたと想像する人が多いそうです。そんな事実はいっさいありません」

無表情に語っていたイリナは、悲しみを滲《にじ》ませて、首を横に振る。

「一九六一年四月に行われた凱旋《がいせん》式での一幕も、裏側を詮索《せんさく》されているようですが、裏などありません。あの舞台で私が願った『レフと月へ行く』という言葉は本当の気持ちです。もし、奴隷として扱われていたならば、壇上で舌を嚙《か》み切っています」

いくら虚偽だと言い張っても、信じない者は信じないだろう。この件だけではない。記者会見のすべての発言について、異論を述べたい者が大勢いるはずだ。

しかし、今は記者席から余計な質問は飛んでこない。なぜなら、入場を許可された記者は、政府の息がかかった者ばかりで、皆、自動筆記する機械のようにレフとイリナの言葉を書き記すだけだからだ。

イリナの会見が終わると、つぎは、有人月面着陸を連合王国との共同事業とする『サユース計画』について。

一転、レフは表情を明るくする。

「非合法書籍の中身は虚偽ばかりですが、唯一この計画だけは、すばらしい発想でしょう！当然です。捏造《ねつぞう》ではなく、本物だからです。首謀者フェルツマンは作成途中の計画書の一部を盗み出して、あろうことか掲載してしまった。本来ならば、設計や計画書を完成させてから連合王国と協議し、合意を得てから発表する予定でした。ところが、悪意により流出した。この件をどうするか、指導者の皆さんと検討しまして、否定するよりも認めてしまおうという前向きな判断をしました」

指導者とはリュドミラだ。

計画を公式にすれば、連合王国に圧力をかけられる。世界中の人びとが共同事業の構想を知れば、気づかないふりはできず、もし足蹴《あしげ》にすれば「国際協調の機会を捨てた」と方々から非難されるため、交渉のテーブルにつかざるを得ない。

こういう駆け引きは、レフはあまり好きではないが、平和のうちに月へ降り立つことは、人類全体の幸福につながるのだと自分に言い聞かせて、記者に向けて語る。

「『サユース計画』は検証段階で、計画自体の評価も不透明です。果たして、指示書どおりに各種設計をすれば、月へ降り立てるのか？　そもそも技術的に可能なのか？　連合王国とのあいだに壁はないのか？　難点は山ほどあります。しかし……これは個人的な意見ですが、私は、史上初の有人月面着陸を、連合王国との共同事業として進めることに賛成します」

記者の一部は眉《まゆ》をひそめ、ため息をこぼす。敵国との共同事業に賛成できないという思いがにじみ出る。宇宙開発競争は政府が煽《あお》ってきた面が大きいのだから、それを唐突に翻せば、何とも言いがたい気持ちにもなるだろう。公認記者ですら、この反応だ。一般市民の反応は、推して知るべし。共和国において、国家の決定に民意は関係ないとはいえ、まるっきり無視もできない。

レフはひと呼吸置いて、話を再開する。

「なぜ、共同事業にするのか？　連合王国の宇宙開発は、二度の大事故で危機的状況にあるのは間違いありません。見て見ぬ振りもできますが、科学の未来のために、手を差し伸べてもいいのではないでしょうか」

自分たちの状況は棚上げして、上から目線で語る。

なぜ公式会見でここまで強気の発言ができるかといえば、連合王国の有人宇宙飛行は本当に窮地で、身動きが取れないと判明しているからだ。連合王国は事故でも何でも情報公開し、報道機関はＡＮＳＡの関連企業も独自に調べて報じる。その上、諜報員《ちょうほう》からも詳細な情報が入ってくる。

それらによれば、宇宙船の開発は下請け企業との訴訟や死亡事故が原因で停止しており、かの国が目標としている『六〇年代のうちに月面着陸』も困難だと推測できる。しかも、税金の無駄遣いという批判が勢いを増し、国民の理解はいよいよ得られなくなっている。

そこで、共和国が助けてやろうというのだ。

無論、レフにはそんな増長した気持ちは微塵《みじん》もなく、相互扶助すべきと考える。しかし、正直に言えば共和国軍部が激昂《げっこう》するので、神経を逆撫《な》でしないように気を遣う。

月への道は長く険しい。敵や面倒ごとは少ない方がいいのだ。

会見では『サユース計画』についてひととおり話すが、ただ一点、月に最初に降り立つ人物は誰かという、皆が気にする問題には触れない。この件は、リュドミラに「会見では何も言うな」と指示されている。レフは彼女から「月面に降りる一番手を獲れ」と命じられた。しかし、いかにして獲るのか、また、それが可能なのか、見当もつかない。かつての『史上初の宇宙飛行士』を決めるときは、候補生内で評価を競ったが、国家間の事業になれば、そのような決め方はできない。おそらくは、政治的な駆け引きが発生するのだろう。レフとしては、一番手へのこだわりはなく、人類が月に到達できれば良いのだけれど、その想いは口にはできない。

レフにつづいて、イリナも共同事業化に賛成を示す。

「大勢の新血種族《ダンピール》が勤めるANSAに力を貸すことは、私個人としても望むところです。『吸血種族は月の住人だった』という伝説があるように、私たちにとって、月は特別な地でもあるのです」

この発言は、イリナの本心だろうとレフは感じる。直接確認したことはないが、彼女にとっては、人間よりも新血種族の方が身近には違いない。以前に一度だけ会ったカイエ・スカーレットは、イリナにとって特別な存在のようだった。

予定していた発表を終えると、最後に、レフは原稿にない言葉を記者に投げる。

「皆さん。私は、きっと共同事業はできると考えます。習慣や考え方は違っても、目的が同じならば、互いを尊重し、想いを合わせられる。この国にはこの国の、そして連合王国には連合王国にしかない、それぞれの強みがあるはずです」

この発言が記事に載るとは思えないが、共和国礼賛で終えたくはなかった。

☽☽☽

会見後、レフとイリナが裏に戻ると、リュドミラに不服そうに睨《にら》まれる。

「相変わらず、私の原稿を無視してくれるね」

「九九パーセントは従いましたよ」

リュドミラはフッと鼻で笑い、レフに飴玉《あめだま》の缶を差し出す。

「お疲れさま」

「いりません」とレフが袖《そで》にすると、イリナも「毒入りかもしれないし」と拒絶する。

連合王国との共同事業を狙《ねら》う点だけに限定すれば、リュドミラは心強い同志といえる。しかし、レフは気を許すつもりはない。彼女の本心はまったくわからないし、相手もこちらを利用することしか考えてないはずだから。

リュドミラはつれないふたりに対して、事務的に説明する。

「チーフの設計書の内容が本当に実現できるのか、それから、連合王国に何を求めるべきか、早急に科学者や技術者に検証させるわ。結果が出るまで、余計なことをしないようにね。さっきの会見で、君たちが共同事業を肯定した瞬間、たくさん敵ができたから。愛国主義者からは国賊扱い。軍部からは『ゲルギエフの犬』として睨《にら》まれる——」

と、そこまで言って、リュドミラは肩をすくめる。

「……まあ、君たちは、これまでも連合王国に歩み寄る態度を見せてたから、今さら変わらないかもしれないけど。二一世紀博覧会のカンファレンスとかね」

あのとき勃発しかけた核戦争の恐怖が、レフの胸に蘇《よみがえ》る。

イリナとふたりで、共和国はなんて馬鹿なんだと憤《いきどお》った。だが無力で何もできず、せめて自分たちの役目は果たそうと、〔運送屋〕として同行していたナタリアの反対を押し切り、カンファレンスに出た。そこで、連合王国の同志たちの想いを知った。彼らの気持ちに応えたくて、食べ物を例に出して、宇宙開発を共同でやりたいと伝えた。女王サンダンシアは、二か国の協力を強く希望して、技術者のバートとカイエとは、ともに月を目指そうと約束した。

あれから五年が経った。

両国が競争をつづけた結果、死者が出て、予算はなくなり、開発の継続は危うくなった。それが逆に協力の好機となるのは、望んだ形ではない。何より、もし、あの時点で手を取り合っていれば、悲しい事故など起きなかったはずだ。

気持ちが晴れないまま、レフは会見場を出ると、イリナと大広場にあるミハイルの墓へ向かう。死から四か月。葬儀の日は重く冷たい雨が降り注いでいたが、今日は穏やかな青磁色の空が広がっている。

雪の薄く積もった墓前は、晩冬の花々に囲まれている。レフとイリナも花を供えて、冥福を祈る。

目を瞑《つむ》ると、宙《そら》に向かうミハイルの雄姿が浮かび、胸が詰まる。

イリナは、ぽつりと寂しげに言う。

「暖かくなったら、ここは白薔薇《しろばら》で溢《あふ》れるのかな……」

「ああ、きっとそうだ……」

『サングラードの白薔薇』として名を馳せたローザは、宇宙飛行士の座を勝ち取り、結婚を強制され、夫を失った。

そしてコローヴィンも、病魔に蝕《むしば》まれた身体《からだ》に鞭《むち》打ち、夢半ばにして倒れた。連合王国でも、幾人も死者が出ている。実験動物だってそうだ。ほかにもレフの知らないところで、数多くの命が失われているだろう。

歴史に残る冒険に犠牲はつきものだとはわかっている。しかし今回、犠牲を生んだ原因は、自然の脅威ではなく、人の野望や欲望だったという思いが拭《ぬぐ》えない。その筆頭は、死んでも構わないとされた実験体のイリナ。

生きていてくれてよかったと、レフはイリナの横顔を見る。

するとちょうどイリナもレフの方に顔を向けた。切なげな赤い瞳《ひとみ》と視線がぶつかる。

「今度ここに来るときには、いい報告ができるといいわね」

「ああ。一歩でも、月に近づいているといい」

そう思っても、レフとイリナにできることは限られている。飛行士の出番は、打ち上げから帰還までの数日間が主。そこに行き着くまでの道のりは、科学者や技術者の領域であり、『サユース計画』の実現を祈念するのみだ。

しかし、敵対していた国同士が国境を越えて手を結ぶのは簡単ではない。

これまでも、医学や生物学などの平和利用に関わる科学技術分野において——両国の政府間ではなく、共和国立科学院とＡＮＳＡでだが——共同開発の協定が結ばれたが、何も動いていない。宇宙開発は軍事技術と密接なので、軍縮協定が成立した場合にのみ可能とされてきたからだ。

それでも、以前よりは希望は増している。

来年には核軍縮を目的にした条約が調印される見通しで、極東地区における代理戦争も、連合王国が早期撤退したおかげで泥沼化は避けられた。そのため、共同事業を行う下地は、脆《もろ》いが、存在する。

さらに、連合王国は、『月面着陸に関する共同開発』を持ちかけてきた過去がある。当時は共和国が優勢だったので、ゲルギエフは「保留」と回答して応じていなかった。だが、今や二か国とも開発継続の危機にある。両国が力を合わせさえすれば、費用と機器の節減ができる。だから、可能性はある。計画や設計書も、コローヴィンが魂を削って作り上げたものなのだから、きっと実現可能だとレフは信じる。


大広場を後にしたレフとイリナは、その足で、コローヴィンの入院している病院へ見舞いに行く。

前と同じ偽名の『物理学者スミノフ教授』の病室に着いたときには、日が傾いていた。

看病に来ていたコローヴィンの娘、クセニアは、レフとイリナを見ると「あっ！」と笑顔を弾《はじ》けさせる。

「心配したんだよ！　あの本、騒ぎになってたし」

「心配していたのはこっちです。無事でよかった」

レフは深く頭を下げる。

非合法書籍に設計書を載せるにあたり、著者名は『東の妖術師ことK・E・トゥハコフスキー』として、コローヴィンの存在は隠した。名を明かせば本人や家族の身を危険に晒《さら》すだけだからだ。しかし、それでもクセニアの自宅には〈運送屋〉がやってきたはずだ。

そのことを確認すると、クセニアはげんなりした面持ちで言う。

「大変だったよ。家中ひっくり返されて。関係ないあたしのレコードまで割ってくし！」

ずいぶんひどい目に遭ったようで、レフはますます申し訳ない気持ちになる。

「レコード代は弁償するわ」

イリナがそう申し出ると、クセニアは「遠慮なくもらうね」とニコッとする。

「あたしのことより、挨拶《あいさつ》してあげて」

クセニアに促され、コローヴィンの寝台に近づく。

医療用の管を付けられたコローヴィンは、目を閉じたまま、穏やかに胸を上下させている。さらに瘦《や》せて、小さくなってしまった。がっしりしていた彼の姿は、もうどこにもない。満月が欠けていくように、このまま萎《しぼ》んで消えてしまいそうで、レフは切なく苦しくなる。

イリナは寝台の傍《そば》にしゃがむと、無言でコローヴィンの手を優しく握る。レフは枕もとに立つと、悲しみを飲み込み、声をかける。

「勝手に計画を公表して、申し訳ありません」

何も反応はない。目を覚まして叱《しか》ってくれたら、どれだけうれしいだろう。

「ねえ、レフ」

イリナは眉《まゆ》をひそめる。

「連合王国との共同事業を進めるとしたら、病状はどう説明するのかしら」

この国の体質を考えれば、素直に明かしたり、弱みを見せたりはしないはずだ。存在を暴かれるまでは、秘匿《ひとく》しつづけるだろう。

「正体は知られてないから、影武者でも立てるんじゃないかな……」

答えたレフだが、半信半疑だ。

クセニアの前なので口には出せないが、闇《やみ》に消される可能性もある。『ノスフェラトゥ計画』の機密を守るために、イリナを廃棄処分にしようとした恐ろしい連中がいるのだ。意識回復の見込みがないコローヴィンは、そういう連中にとっては邪魔でしかないだろう。

「チーフ……」

すべてがうまく進む方法があればよいのだけれど、それは贅沢《ぜいたく》だとわかっている。

同志を失いつづけて心は痛むけれど、歩みは止めない。

レフはコローヴィンの手を両手で握り、語りかける。

「夢を成し遂げます。待っていてください」

国家の犬ではなく、自由な翼竜《ジラント》として、月へ到達してみせる。

☽☽☽

四月になっても、共和国北部は氷点下の日が多く、春は訪れない。大地は溶け残った雪に覆われ、湿地帯には氷が浮かぶ。針葉樹林に囲まれた『ライカ44』も、晩冬の衣を纏《まと》ったまま季節は止まっている。

そして冬にはじまった『サユース計画』の技術検証も、いまだ終わっていない。優秀な科学者や技術者たちが、コローヴィンの『我が闘病記』の原本を読み込み、共同事業の構想を確認しているが、書かれた当時と開発状況はかなり変わっており、原本の構想から発展させなければならないという問題が浮上した。

さらに、その構想自体も難問だった。コローヴィン自身が「妄想」と嘯《うそぶ》いていたほどの突飛なもので、ANSAの技術力を推測しながら実現の可能性を判断するのに、想像以上に時間がかかっている。ANSAから人を呼んで議論すれば話は早いのだが、上層部の「原本は国家機密扱い」という秘密主義が進行を邪魔している。

もし、この検証作業の結論が実現不可能とされれば、見切り発車的に暴露したレフの勇み足となる。リュドミラには「精査もせずに地下出版したわけ？」と呆《あき》れられたが、コローヴィンが意識障害では精査できるわけもなく、レフは「あの時点では、あのやり方しかなかった」と反論しておいた。そして、暴露は正しいとレフは想っている。抗《あらが》わずに雪と氷の中で泣き寝入りしていたら、今ごろ八方ふさがりになり、後悔しているはずだ。

共和国内の宇宙開発は、諸々の結論が出るまで停止しているが、レフやイリナたち飛行士は、いつ計画が動き出してもいいように、自主的に訓練を重ねる。

共同事業はどうなる？　共和国単独での再開はありえないのか？

答えの出ない問答を毎日繰り返しながら、航空力学や天測航法を学び、訓練機での操縦を行い、技能向上に励む。

そんな折、レフとイリナは、訓練を休んでいるローザに「大事な話がある」と呼び出された。深刻そうだったので、ふたりで何事かと心配しながら、宇宙市民住宅の同じ階にある彼女の部屋を訪ねる。

ひとりで住むには広すぎる空間には、そこかしこにミハイルの生きていた名残がある。

濃紺《こん》色の柔らかなソファに腰かけたレフとイリナは、どことなく緊張した面持ちのローザに紅茶を出され、雑談をする。

天気や食事、他愛もない会話ばかりで、なかなか本題に入らない。

一〇分もすると会話は途切れ、沈黙が満ちる。

大事な話とは何か、そろそろ訊《き》こうかとレフが切り出そうとしたとき、ローザは下腹部にそっと手を当てる。

「……子どもができた」

……子ども？

唐突な告白に、レフもイリナも一瞬キョトンとなる。

「――エッ⁉」

ふたりで声を揃《そろ》えて驚く。

「ミハイルの……⁉」

レフの問いに、ローザは苦笑する。

「ほかに誰がいるの」

「だ、だよね……」

驚いたとはいえあまりに失礼だった。

「馬鹿」とイリナに脇腹を小突かれる。

「っ！　ごめん！　いや、おめでとうローザ……！」

同僚の妻の出産は何回もあったが、身近な人から直接告げられたのは初で、妙にドギマギしてしまう。

一方でイリナは落ち着いており、ローザににっこりと微笑《ほほえ》みかける。

「よかったわね、おめでとう」

硬かったローザの表情は、その一言で和らぐ。

「まだ誰にも言ってないの……私自身びっくりして、誰に相談したらいいのか、どう伝えていいのか、全然わからなくて」

相当悩んで、明かしてくれたようだ。

ローザは下腹部を優しく撫《な》でながら、この先の予定をレフたちに話す。

出産は七月の予定で、これを機に、飛行士も軍も辞める。名誉軍人の遺族として、政府が金銭以外にもさまざまな援助をしてくれる。そして、それに伴い、ライカ44を出て、サングラード近郊にある実家へ戻る。

彼女の話を聞くうちに、レフは徐々に実感を得る。そしてようやく、新しい生命が宿ったことに、奇跡的なうれしさを覚える。

そんなレフの感情とは正反対に、ローザは重いため息をこぼす。

「騒がれそうなのが心配で……。静かに暮らしたいけど、無理よね」

たしかに、全世界に結婚式を披露した宇宙飛行士夫婦の子どもで、父親はこの世を去っているとなれば、国内外で話題になる。共和国内にアーナックニューズのような下世話な大衆紙がないのは救いだが、政治宣伝に利用される可能性は高い。彼女の心情を考えればそっとしておいてほしいけれど、この国に住んでいる以上は、国家の指示には逆らえない。

国民から悲運の人生だと同情されているローザだが、彼女自身は、情けをかけられるのは嫌だと以前言っていた。もともと、ひとりで生きてきた。だからひとりで生きていけると。

しかし――

レフはローザの目をしっかりと見つめる。

「困ったことがあったらすぐに言って。できるかぎり力になる」

イリナも真剣な眼差《まなざ》しを向ける。

「私も守る。ふたりの大切な子どもだもの。何でも頼んでね」

「ありがとう……」

そう言ったローザの瞳《ひとみ》に涙が浮かび、ほろほろと頰《ほお》を伝う。

「ご、ごめんなさい、ホッとしたら、急に……」

彼女とその子が幸せに生きていけるようにと切に願うとともに、行き場のないやりきれなさが、レフの心に満ちる。

☽☽☽

ローザの妊娠をほかの飛行士や候補生に伝えて回ると、みんなそろって驚き、しみじみとよ

ろこぶ。

ヴィクトール中将は感激して、ローザをきつく抱きしめる。強制結婚も無謀な宇宙飛行も阻止できずに責任を感じていた彼の瞳《ひとみ》に涙が光る。

レフとイリナはローザのために何かやろうと相談し、お祝いの会を企画する。その提案に皆は乗り、宇宙市民住宅の交流ホールで、手作りの簡素な宴《うたげ》を開く。


日が落ちると、手料理や祝いの品を持った仲間がぞくぞくと集まる。レフの同期生は家庭がある者ばかりで、その妻子も来ている。

飛行士隊は二期生のあとにも随時加入しており、五〇名の大所帯となっている。ヴィクトール中将は地下出版を首謀したお咎《とが》めとして、集会への参加を禁じられているため、大量の飲食物だけ置いて去って行く。

主役のローザはふだんは見せないような照れ臭そうな笑顔で挨拶《あいさつ》をして回る。その様子を見て、企画してよかったとレフとイリナは微笑《ほほえ》みあう。

交流ホールいっぱいに集まった参加者に向けて、レフは蒸留酒の入ったグラスを掲げ、ローザに乾杯する。

「ローザ・ヤシナの幸福な人生を願って！」

「乾杯！」

ひと息に飲み干すと、身体《からだ》が熱くなる。

皆の顔は明るく、わいわい盛り上がる。近頃は暗い話題ばかりだったので、こうして楽しく祝えることがうれしいのだ。そして、その主役がローザなのだから、いっそう気持ちが入る。国家の犠牲になった彼女の幸せを、仲間の誰もが心の底から願い、乾杯の挨拶を回す。

イリナとローザは酒ではなく、子どもたちと同じ、茱萸《グミ》の果汁の炭酸割りだ。いつもイリナは「ひとくち飲むだけ」と蒸留酒をぺろっと舐《な》めてヘロヘロになるのだが、ローザに合わせたのか、はたまた親友の祝宴で失態を見せたくないのか、今日は我慢している。とはいえ、酒の匂《にお》いだけで酔ってしまうイリナだから、注意して見ていないと危ない。

ローザは小さな子どもたちに囲まれ、お腹《なか》を触られている。

彼女も母親になるのかと思うと、レフは感慨をいだき、不思議な気持ちになる。かつて、史上初の宇宙飛行士の座を狙《ねら》い、男性への対抗心を燃やしていたローザ。当時の孤高な姿からは、今の柔らかな微笑みは想像できない。

変わったといえば、イリナも同じだ。人間嫌いで口喧嘩《げんか》ばかりしていた彼女はもういない。

それに比べて自分はどうだろうかと、レフは己を顧みる。

変化など、自分では気づかないのかもしれないが……。ずっといっしょにいたイリナなら、違いがわかるのだろうか。

「──おいレフ。どうした、お姫様をジーッと見て」

早々に赤ら顔になったセミョーンが声をかけてきた。

「ちょっと昔を思い出してただけだよ」

「おっ！　『お姫様』って言葉は否定しないんだな。ハハーン」

「……実際、古城の姫だよ」

「レフは何歳だっけ？」

「二八」

ニヤニヤするセミョーン。

「な～るほど。オレが結婚したときと同じかぁ……へぇー」

面倒くさいので放置して逃げたくなるが、逃げると追いかけてくるので適当に相手をする。

「俺の年齢、わかってて聞いたでしょ……」

「さぁ？　ところでお姫様は何歳？」

「二四」

「二八と二四ねぇ～」

セミョーンは肩に手を回してきて、小声で言う。

「で、考えてんの？」

「何を……」

と、レフが惚《とぼ》けると――

「宙《そら》ばかり見てると、傍《そば》にあるものを失うぜ」

セミョーンはレフの背中をバシッと叩《たた》き、親指を立てて去る。

言いたいことはわかる。互いに結婚していておかしくない年齢だ。

いや、しかし。

結婚するかどうかは、別の問題ではないか？

レフは蒸留酒を飲みながら、思いを巡らせる。

イリナとの結婚について言われたとき、惚けて言い訳を並べたり、有耶無耶にしたりしてしまうのは、よくない態度だとわかっている。生涯を共にしたいと思える存在は、実際に、イリナ以外には浮かばない。

宇宙飛行士になって以来、レフは国内外を巡る機会が多いが、見ず知らずの女性に幾度となく言い寄られる。しかし、「職務中」を口実にして、すべて断ってきた。ずっと月を目指すことばかり考え、訓練や業務に日々精いっぱいで、自宅でゆっくりする時間はなく、家庭を持つ自分の姿など考えもしなかった。

そういう中で、イリナとは七年間もいっしょにいる。「レフと月に行く！」という彼女の宣言は世界中に知れ渡っていて、恋人や婚姻関係だと見られることも多い。

セミョーンや同志たちは、からかい半分で背中を押してくる。レフは悪い気はしないが、イリナの考えを無視してはいけない。

ミハイルとローザの結婚登録式で、イリナはこう叫んだ。

——人間と結婚なんて絶対しない！　血が汚れる！　一族の恥！

この言葉は、からかわれて怒っただけで、本音とは思わない。

しかし、種族の壁があるのは事実だ。

吸血鬼を『呪われし種』として隔離してきた共和国連邦内では、人間と吸血種族が契ることはおそらくない。少なくともレフは、いっしょに暮らしている例を知らない。人間扱いしておらず、戸籍も国籍もないので、結婚の登録すらもできないのではないか？　唯一イリナだけは、政治宣伝で世界周遊をさせるために、特例で戸籍と国籍を与えられたが、それだけ、純血の吸血鬼というのは特殊な存在だ。「人間ではなくモノとして扱え」とする『ノスフェラトゥ計画』がまかりとおってしまう程に。

実際、これまでもイリナが誰かに誘われているのは見たことがない。イリナの場合、常に近づきがたい雰囲気を醸《かも》しているという理由はあるだろうが、やはり純血の吸血鬼とそれ以外では、大きな溝や壁があるのだろう。

ともかく、レフは人間の女性ですら苦手なのだ。相手が吸血種族ならもっと摑《つか》めない。

——と、これもまた言い訳だと反省する。べつに世間がどう思おうと、前例がなくても、貫けばいいではないか。

レフはグイッと蒸留酒を飲み干し、グラスに注ぎ足す。

「どうしたの、レフ」

「っ!?」

気づくと、背後にイリナがいた。レフはびっくりして、酒をこぼしかける。

イリナは呆《あき》れたように、腰に手をあてる。

「難しい顔して。今日はめでたい席なんだから、共同事業の件を考えるのはやめなさいよ」

誤解されたようだ。

「それは考えてないけど……」

「違うの？　じゃあ何？」

君のことなのだが……。ローザの祝宴で、しかも周りにたくさん人がいる場所で話す内容ではない。レフは返答に迷い、「んー」と唸《うな》る。

「またその顔」

イリナは見るに見かねたのか、レフの脇腹をくすぐってくる。

「ちょ！　ハハッ、やめっ」

「やめない」

「アハハ！　やめ――あッ！」

暴れた拍子《ひょうし》に、イリナの顔面に蒸留酒をぶちまけた。

「ひっ！」

「ご、ごめん！」

レフは慌ててイリナの顔を拭《ふ》く。

しかし、時すでに遅し。

「レぇ〜フ〜……！　ゆるさにゃいわよ〜！」

頬《ほお》を真っ赤にしたイリナが、激しくくすぐってくる。

「やめろ！」

「やめにゃい」

逃げようとするが、イリナにすごい力で摑《つか》まれる。

「おい、アハハッ、ひ、ひッ……誰か、助けて……」

悶《もだ》えるレフを見たセミョーンが、その辺にいた子どもたちに「やっちまえ」と命じる。子どもたちはレフに襲いかかり、イリナと一緒になってくすぐってくる。

めちゃくちゃだ……。

けれど、楽しそうに笑うローザの顔が見えたので、まあいいかと、レフは必死に耐えることにした。

☽☽☽

祝宴が終わると、レフは泥酔して眠りこけたイリナを背負い、ローザといっしょに上階へエレベーターで昇る。

「お祝いは最初の五分で、飲んで騒いだだけだったな……」

イリナはご覧のとおり。セミョーンは飲みすぎて吐き、ほかの者たちも大騒ぎ。宴《うたげ》の最後にローザの送別もできればと思っていたのだが、それどころではなかった。

申し訳ない気持ちのレフに対して、ローザは笑顔を返す。

「楽しかったし、いいじゃない。久しぶりの宴で、みんな溜《た》まってたものを発散したんでしょ。それに、お祝いと言われても、まだ無事に生まれたわけじゃないしね」

「生まれたとき、あらためてちゃんとお祝いするよ」

約束をしてエレベーターを降りると、イリナの鍵《かぎ》を使って彼女の部屋に入り、ぐでぐでになっているイリナを寝台に横たえる。

飾り気のない殺風景な部屋だ。窓に板を打ちつけて太陽光を防いでいること以外は、人間の住まいと変わらない。

壁に黒竜のぬいぐるみがぶら下げてある。宇宙船内に吊り下げ、無重力を知るために使うものと同じ製品だ。あれを眺めて、宇宙飛行を想像しているのだろうか。

寝台でむにゃむにゃとつぶやくイリナにレフは「おやすみ」と声をかけ、玄関口へ向かう。

そこでローザに、肩をトンと叩《たた》かれる。

「私、彼女と最近よく話すの」

「知ってる。食事に行ったり、映画を観たりしてるんでしょ」

ミハイルを失ったローザが絶望の淵にいたとき、イリナはずっと付き添っていて、それをきっかけに、いっそう仲が深まったようだ。

しかし、突然何の話だろうか。レフがそう思っていると、ローザは真面目《まじめ》な顔で言う。

「どこで何をしていても、イリナはあなたを話題に出すのよ。彼女自身は無意識みたいだけど」

「ん……そうなんだ」

ぐっすり眠っているイリナを、レフはチラと見る。するとローザは冷たい視線を投げてくる。

「あなたって、宇宙のこと以外は、本当に駄目ね」

「うっ……」

チクリと刺され、レフは返事に窮する。

するとローザは、『サングラードの白薔薇《しろばら》』が戻ってきたような強さで諭す。

「私がここを出たら誰も言う人がいなくなりそうだし、この際だから言うけど、ちゃんとしなさいよ」

「ちゃんと……」

「イリナとこの先、どうするのか。何も考えてないわけ？」

「いやぁ、そんなことは……」

恋人でもないし、という言い訳を飲み込む。恋人なんていうものは言葉の問題で、イリナとはもっと深い絆《きずな》で結ばれていると、レフは感じている。彼女に吸血をさせたあのときから、他人として見られなくなった。

けれど。

レフが黙っていると、ローザは固く腕組みする。

「私たちと違って、あなたは自分で決められるんだからね。暴露本で政府を攻撃する勇気があるのに、覚悟ができないなんて、言わせないわよ」

薔薇の棘《とげ》でグサグサに刺され、レフは狼狽《うろた》える。

「わ、わかってる。ただ、今は、連合王国との共同開発に向けて動き出すところだし……時期が悪いというか……」

「時期？　月や星ばっかり眺めてて、逸してきたんじゃないの？」

「アハハ……」

セミョーンの指摘と同じだ。

ローザにせよ、セミョーンにせよ、こちらの私生活を気にしすぎだと言い返したくなる気持ちもなくはない。けれど、それだけイリナの将来を真剣に考えてくれているのだろうと思うと、踏み出せない自分が情けなくもなる。

ローザは腕組みを解き、ハァ、と息を吐く。

「踏ん切りがつかないのも、理解できるけど。種族は違うし、世界中から注目を集めるし、環境がふつうじゃないもの。恋愛経験の全然ない私がどうこう言える話じゃないけど、政府に利用される前に、意思くらいは示してあげて」

ローザの訴えるような眼差《まなざ》しに射貫《いぬ》かれ、レフはこくりと頷《うなず》く。

「よく考えるよ……」

「あなたと彼女の人生だから、私はこれ以上、口出しをするつもりはないわ。でも、最後にひとつ言わせて。あなたの夢は、月に行くことよね？」

「ああ。今やもう、俺ひとりだけの夢とは考えてないけど」

ローザはひとつ息を吐き、ゆっくりとした口調で言う。

「イリナの夢は、あなたと月に行くことよ」

胸を突かれ、ハッとなる。

ふたりいっしょでなければ駄目なのだ。

いや、もちろん、レフはイリナとふたりで月へ行きたいと思っている。ゲルギエフに直訴したときも、搭乗員の三名のうち二名を占めるように告げられたので、その気になっていた。

しかし、イリナといっしょでなければ駄目だとは、レフは言わなかった。それどころか、イリナは自分はべつに構わないという態度を取っていた。

心の中に細波が立つ。

考え込んでいるレフに、ローザは「おやすみなさい」と言って、部屋を出て行く。

レフはイリナの無垢な寝顔をひと目見て、もどかしい気持ちを抱えたまま、部屋を後にした。


ローザと別れたレフは自室には戻らず、階段を上がり、屋上に出る。

白樺《しらかば》の梢を夜風が静かに吹き抜けていく。

レフは氷のように冷たい欄干にもたれかかり、物思いにふける。

月へ行くには、連合王国との共同事業が成立しなければならない。そうなったとき、三名の宇宙飛行士のうち、二名が月に降りることになる。その内訳は、レフと連合王国の人間だ。つまりイリナとふたりで月には立てない。

イリナはそれでいいのだろうか。「順番にはこだわらない」と言っていたが……。

いや、彼女はそのくらいわかっているだろう。わかったうえで、『連合王国の力を借りて、同志の夢を叶えよう』と言った。

ここまで来て、個人の夢を追うのは間違っている。それは当然だ。そしてイリナはその現実を見て、決断し、行動している。昔からそうだ。彼女は望みを叶えるためならばすべてを捨てる覚悟で、何をするのが一番良いかを冷静に判断し、自分を犠牲にするのを厭《いと》わない。レフが宇宙飛行士を目指していたとき、コローヴィンの設計局で働くと嘘《うそ》を吐《つ》き、宙《そら》に導いたように。

ふたりで月面へ降り立つ方法をいろいろと考えるが、共同事業が成立しないと、月を目指すことすらできない。共同事業は、現場で働く者たちの待望であり、バートやカイエと誓った約束だ。彼らと同じ夢を見られることは、きっとイリナもよろこぶ。

頭の中がぐちゃぐちゃになる。

「はぁ……」と大きなため息を吐くと、暗い宙に白い煙が上っていく。その先には、頼りない光を放つ三日月が、寂しげに浮かんでいる。

☽☽☽

大地から雪は消え、紫丁香花《ライラック》が甘く香る五月になり、ようやく『サユース計画』の検証結果が出た。

共和国の頭脳たちが天才科学者の妄想的計画によってたかって、試行錯誤を重ね、現在の技術力で実現できるように改良した報告書を創出した。これをもとに、連合王国への提案内容を検討することになる。

そして、レフは宇宙飛行士の代表として非公開の秘密会議に出席する。出席者は、指導部からゲルギエフ、リュドミラ、ほかゲルギエフ派の重鎮たち。現場からはヴィクトール中将、共同事業に関係する設計局長や技術者、科学者。

各界の力を持つ者が集められる一方で、反対派――グラウディン博士や国防大臣、軍部関係者――は招集名簿から外された。文句をつけられて会議が紛糾することを避けるための予防策だ。

だが会議中に乱入されるかもしれないので、念には念を入れて、会議の場は通常のサングラードではなく、近郊の宇宙開発都市・コスモスク市が選ばれた。

立ち入り禁止区画にある一室に出席者は集い、各担当官が報告資料を読み上げていく。

【ツィルニトラ共和国連邦・アーナック連合王国による共同事業、『サユース計画』に関する報告書】

［はじめに］
・有人月面着陸を行うための『ロケット』『月着陸船』『司令・機械船』。
・月面着陸に必要なデータを得るための『月の無人探査』。
・必要不可欠の機器『デジタルコンピューター』。
これらを二か国にどう割り振るかで、共同事業の成否は決まる。

［祖国の宇宙開発の現状］
我らが祖国の有人ミッションは、月周回飛行（ロージナLⅠ計画）と月面着陸（ロージナLⅢ計画）が並行して動いてきた。なお、ロージナ宇宙船は、用途に応じて機体構成を変えられるため、『LⅠ型』と『LⅢ型』は重量を含めて別物と考える。

［各国の機器開発の現状］（○、△、×で評価）
◆ツィルニトラ共和国連邦

・有人宇宙船『ロージナ』（〇）
　ミハイル・ヤシン搭乗のロージナⅠ号の帰還時に事故は起きたが、宇宙飛行は成功。
　不具合が起きた箇所や原因は判明しており、改良を重ねれば完成する。

・大型ロケット（二種）
『LⅠ用：ムミート』（〇）
　ロージナⅠ号を打ち上げ、完成済み。
『LⅢ用：C-Ⅰ』（×）
　超大型で、実用化は困難と判断。
　ただし、グラウディン博士は完成させると豪語している。

・月着陸船（×）
　LⅢ計画で使用する予定だが、遅延。予算不足。完成は早くて一九七〇年代。

◆アーナック連合王国

・有人宇宙船『ハイペリオン』（×）
二度も事故が起き、原因は究明されていない。
製造段階で二万個以上の不具合。事故の報告書は三〇〇〇ページを超える。
製造会社と訴訟沙汰《ざた》になり、開発は停止している。

・大型ロケット『クロノス』（○）
実用化できている。月への飛行専用に作られ、十分な能力がある。

・月着陸船（△）
仕様変更や重量軽減に四苦八苦している。予算難。

［月の科学探査の進捗《しんちょく》］
目的地に安全にたどり着くには、地図は必須。
それは月も同じで、月面着陸には、さまざまなデータが必要。
大きくわけて、四つのミッションがある。

一．月面の状況探査（○）

両国とも完了。着陸可能と結論が出ている。

二．月面全体のマッピングによる、着陸適地選定（△）

無人機が撮影した写真をもとに地図を作成し、着陸候補地を絞り込んでいる。しかし、写真の明るさが撮影日時によって異なるために、地形の判別が難しく、地図は不完全。

三．無人機の軟着陸（○）

我らが祖国は、『ディアナⅦ号』により達成。

連合王国は計画進行中であるが、技術的には達成可能と見ている。

四．月の重力場計測（△）

両国ともできていない。

これまで、我らが『ディアナⅧ号』の計測データから、月の重力場は不均一でムラがあると明らかになっている。この重力異常の原因は、地形や地殻の物質密度の違いによるものと思われるが、それ以上は不明。重力は機体に影響を及ぼすため、月周回軌道での計測を進めなければ、安全には着陸できない。

ただし、我々は『ディアナ機』での無人探査を順調に進めており、あと数機を送り込めば、十分なデータが手に入る予定である。

以上を前提として、両国の優れている部分を選び取ると――

・連合王国は、『月着陸船』と『デジタルコンピューター』を提供する。
・共和国は、『有人宇宙船（月着陸船を除く、司令・機械船）』を提供する。
・ロケットや発射場は、双方の国のものを使用する。

これで、どちらの国が欠けても月着陸は実現しない関係性ができあがる。
その上で、有人計画において、人を乗せられる宇宙船を提供する側は絶対的な優位性を持つため、宇宙飛行士の選定も当然優位に立つ。また、当計画の宇宙船は『ロージナＬＩ』型になるため、『Ｃ－Ｉロケット』は不要となる。

以下は、『サユース計画』の最終ミッション『有人月面着陸』に挑む際の想定である。

一．共和国から、飛行士三名を乗せた司令・機械船を打ち上げ、月周回軌道へ。

二．連合王国から、無人の月着陸船を打ち上げ、月周回軌道へ。

三．月周回軌道上で、司令・機械船と月着陸船をランデヴー・ドッキングする。

四．宇宙飛行士二名が月着陸船に移乗して、月面へ降りる。

五．司令・機械船は月周回軌道に残り、月着陸船の帰還を待つ。

六．月着陸船と司令・機械船が月周回軌道上で再ドッキング。月を離れ、地球へ向かう。


このようにすれば、連合王国は、訴訟沙汰《ざた》になっているハイペリオン宇宙船を切り捨てられる。そして、月着陸船を単独で打ち上げることで、無理な重量軽減をしないですむ。

ただし、この計画には、一点、新たな課題が発生する。［三］の月周回軌道投入段の付加である。しかし、連合王国の既存の宇宙機を転用すれば可能であると我々は推測する。

そしてまた、このミッションにおける最難関も、［三］にある。それは『異なる国から別々に打ち上げた宇宙機を、同じ月周回軌道に投入し、ランデヴー・ドッキングさせること』である。

ランデヴー・ドッキングの技術は、月面着陸には必須なのだが、これまで、我々は成功していない。ただの並行飛行をランデヴーに見せかけた偽技術（！）のみである。解決策は技術を向上するしかない。

さらに、月周回軌道でランデヴー・ドッキングを行うことは、連合王国がすでに成功した『地球周回軌道でのランデヴー・ドッキング』と同じようにはいかない。問題は、月の重力異常である。

Q．重力異常の正確なデータを獲得できなければ、何が起きるか？

A．月周回軌道での飛行高度が、予定と数十キロメートルもずれる可能性があり、失敗する。これは早い段階でデータを得ておかねばならない。

［技術試験ミッションについて］

当然のことながら、いきなり最終ミッションに挑戦できるわけではない。そこに至るには、何段階もの『技術試験ミッション』と『月の科学探査』が不可欠である。

それらは、人間の柔軟性に頼らなければならない部分が多いため、無人機やシミュレーションではなく、すべて有人で行う。

◆第一ミッション

《司令・機械船（有人）の月周回軌道投入と離脱、帰還》

人を乗せて、月を周回し、地球へ戻ってくる。このミッションは現状の『ロージナＬＩ計画』

なので、下地はある。

当初の予定では――

『本年一二月、無人での月周回』『来年四月、有人での月周回』だった。ただし、不要な計画を放棄し、人員と資源を集中させれば、一二月に有人での挑戦は可能である。
※なお、このミッションは、共和国単独で行う。
これが成功しなければ、共同事業は成立しない。理由は口頭で説明する。

◆第二ミッション
《司令・機械船（有人）と標的機（無人）による、地球周回軌道でのランデヴー・ドッキング実験》
このミッションより、連合王国が参加する。
当計画では二か国の宇宙機を使用するので、双方に互換性がなければいけない。その確認を、標的機を用いて行う。
予算やスケジュールを優先してこの確認を怠《おこた》った場合、月周回軌道上でトラブルが起きる可能性がある。たとえば、いざドッキングをしようと接近したとき、アダプターの寸法が合わなければ絶望するしかない。また、両国の宇宙機では、船内気圧と空気組成に違いがあるため、調整するアダプターモジュールを用意せねば、破裂の危険がある。

試験自体は地球周回軌道で行えるため、小さなロケットで安価に実行できる。

なお、このミッションは『両国の飛行士により、宇宙空間で史上初めて、両国の機械が接合する』という国際協調も主張できる。

◆第三ミッション
《司令・機械船（有人）と、月着陸船を模擬した標的機（無人）による、月周回軌道でのランデブー・ドッキング実験＋月の探査》

技術試験の最難関であり、かつ、最重要となる。

第二ミッションと同じランデヴー・ドッキングを、月周回軌道で行う。

それに加えて、同時に月の探査も行う。その機能を持つ無人機を、連合王国に提供するように要請する。

この『標的機・兼探査機』となる無人機は、連合王国が極秘で開発する軍用宇宙ステーション『有人偵察衛星』を転用させる。これならば『標的機・兼探査機』の開発期間も短縮できる。

連合王国にとっては軍事機密なので拒否される可能性はあるが、こちらも機密を提供するので、条件は同等である。

探査の目的は、『高精細な月表面画像』の撮影。偵察衛星用に開発された高精細フィルムカメラで行う。

第三ミッションの実際の流れは、つぎのようになる。

一．前提として、無人探査機で月の重力場を計測し、『月の重力地図』を作成し終えていること。その上で、以下の流れになる。

二．まず先行して連合王国が『標的機・兼探査機』を打ち上げ、月周回軌道に乗せ、『高精細な月表面画像』を撮影する。

三．つぎに共和国から、両国の宇宙飛行士三名が搭乗した『司令・機械船』ロージナを打ち上げる。そして、［二］で得た重力地図の情報に基づき、月周回軌道でランデヴー・ドッキングをする。

四．その後、宇宙飛行士二名がロージナから『標的機・兼探査機』に乗り移り、月表面を撮影したフィルムを回収する。

五．ロージナは地球へ帰還。『両国飛行士が、月着陸に必要不可欠である月表面の画像を協力して持ち帰る』という点を利用し、国際協力の意義をさらに協調する。

また、このミッション内において、月面での使用を目的として作られた宇宙服と生命維持装置を着用して船外活動を行い、使用可能であることを確認する。

◆第四ミッション
《司令・機械船（有人）と月着陸船（無人）による、月周回軌道でのランデヴー・ドッキング実験＋月着陸船を使ったリハーサル》

最終ミッションのリハーサルである。ドッキングまでは第三ミッションまでと同じ。ドッキング後、月面着陸までの手順と、月着陸船のすべての機器を確認、検証する。月着陸船は司令・機械船を離れて、月に向かって降下し、月面に接近。着陸はせず、上昇して、再度のランデヴー・ドッキングを実施する。

以上、四段階の技術試験ミッションを完了後、最終ミッションの有人月面着陸に挑む。

［デジタルコンピューターについての補足］

なぜ連合王国のコンピューターを載せなければならないのか。その理由を記す。

かつて、『ロージナI号』の製造時、システムの設計者はデジタルコンピューターの搭載を試み、各国営機関に要求仕様書を持ち込んだ。しかし、どこも応えられず、結局、搭載をあきらめた。（我らが祖国では、国家が必要としていない物を求めても、すぐには用意できないのだ！）

一方、連合王国では、技術開発をする私企業がしのぎを削っており、政府が必要としたとき、技術基盤を保有する企業を選択できる。

この状況下、第一ミッションに使用する宇宙船『ロージナLI』には、共和国初のデジタルコンピューター『黒竜電計』を搭載する予定だが、完成度は低く、精密さを欠く。諜報員《ちようほう》の情報によれば、連合王国のコンピューター技術は、我らの何世代も先を行くようだ。我らが祖国はこれまで、アナログコンピューターによる完全自動操縦を追及してきたが、そのツケが出ている。

さて、当計画の第三ミッション以降では、月周回軌道上で、連合王国製の月着陸船とランデヴー・ドッキングを行う。そうとなれば、当然、搭載するコンピューターも連合王国製であるべきだ。

なぜか。

互換性の問題ではなく、能力不足だ。

残念ながら、我らの『黒竜電計』では、単純に月を回ってくることは可能でも、それ以上の複雑なオペレーションには対応できない。

一方で、連合王国が開発を進める『ＨＧＣ』（ハイペリオン誘導コンピューター《Hyperion Guidance Computer》）は、月への自動航行を制御するもので、これがあれば、より正確かつ柔軟に月周回軌道に向かい、ランデヴー・ドッキングを果たし、月面着陸に挑むことができるであろう。

以上

資料を読み終えたレフの手のひらは、汗で濡《ぬ》れていた。手順が具体的になり、月への道筋がついに見えた。

今回の報告は、国立科学院・宇宙科学研究所が主となり、取りまとめた。頭髪も髭《ひげ》も真っ白のヴォルコフ所長は、全員に向けて、しわがれた声で話す。

「まずは、とにもかくにも、第一ミッションの『有人月周回飛行』を達成しなければいけません。我らがロージナ宇宙船は、残念ながら、同志ミハイル・ヤシンの死亡事故の印象が強い。その汚名を返上して、偉業を達成しなければ、共同事業とするのは厳しいでしょう」

第一ミッションというと軽く感じるが、人類未到の三八万キロメートルを往復する、史上初の月旅行である。月周回は、地球周回とは段違いに難しい。距離や時間もそうだが、地球も月も常に動いているため、厳密な計算と正確な飛行技術が必須だ。

ヴォルコフ所長は重々しく語る。

「もし、第一ミッションを失敗すれば、『月へ飛行できる有人宇宙船はない』となり、その後の計画はすべて潰《つぶ》れます」

「難しいのは知ってるわ」

口を挟んだリュドミラは、有無を言わさぬ強さで斬《き》る。

「それを成功させるのが、君たちの仕事でしょ?」

「そのとおりです……ハイ」

ヴォルコフ所長はペコリと頭を下げる。

資料を握りしめるゲルギエフは、不安で破裂しそうな顔をしている。

「そ、そもそも、この計画に連合王国は乗るのか……?」

リュドミラは冷笑を漂わせる。

「乗るわ。私たちが月旅行を成功させればの話だけど。乗らなければ、向こうの負けだから」

訝《いぶか》しむゲルギエフ。

「……どういうことだ?」

「連合王国は、人を乗せて飛べる宇宙船を用意できないでしょ? つまり、私たちは月で、あちらは地球止まり」

「……ん!? では、第一ミッションを成功させて、共同事業を提案しなければ、逃げ切り勝ちではないのか! 大逆転だ!」

興奮して拳《こぶし》を振りかざすゲルギエフに、リュドミラは蔑《さげす》みさえ感じる視線を送る。

「あ・さ・は・か」

「っ……!?」

「単細胞、軽率、近視眼的、無思慮」

罵声《ばせい》を浴びてもゲルギエフは反論せず、目をしばたたかせ、口をつぐむ。そんな最高指導者に向けて、リュドミラは高圧的な態度を取る。

「月を回って戻ってくるだけなんて、敵地の偵察と変わらないわ。その程度なら、いずれどこかの国がやる。我々が成すべきは、月に上陸し、旗を突き立て、征服すること。世界中の市民は無意識下で、常に上から見下ろされていると感じる。地球で生きている以上、どこに行っても逃れられない。ご理解いただけた？」

「うむ……」

リュドミラは出席者全員に向けて言う。

「共同事業にした場合の最重要事項は、人類で初めて月面に降りるのは誰か。そうよね？　じつは、第一ミッションを達成すれば、それも解決できる」

会議場がざわめきに満ちると、リュドミラは机をトントンと拳《こぶし》で叩《たた》き、話をつづける。

「報告書にあるとおり、月まで行ける有人宇宙船を持つ時点で、我々は圧倒的な優位に立つ。月の重力地図もディアナ号で作ってしまう。そして、『サユース協定』の提案書に、つぎの条件を入れる。『我々の宇宙船と地図を使いたければ、船長を共和国の人間にせよ。史上初めて月面に降りる人類はレフ・レプスである』……とね」

……え？

レフは耳を疑い、待ったをかける。

「飛行士の選定については、提案書には載せないはずでは……」

リュドミラは平然と返す。

「三か月検討した結果、この方法が最善だと判断した。君は甘い部分があるから、席を奪い取るなんて無理そうだし、揉《も》めごとを避けて一番手を連合王国に譲りかねない」

見透かされている。

それにしても、報告会議でここまでリュドミラが主導権を握るとは、計画の作成に相当介入したようだ。傀儡《かいらい》政権だけでなく、宇宙開発計画も飲み込むつもりか。

では、こちらも遠慮せず、月へ上るための踏み台にさせてもらう。

レフは強い口調で告げる。

「提案書に、イリナ・ルミネスクも同乗させるという一文を、付け足してください」

リュドミラはニヤリと片頬《かたほお》を上げる。

「もともとそのつもり。凱旋《がいせん》式典であの子が口走ってくれた『レフと月へ行く』という夢を叶えてあげれば、全世界の吸血種族の支持を得られるから。でも、先に言っておくけど、ふたりで月に立つのは無理よ。連合王国の飛行士にひとつは見せ場を与えなきゃ、交渉する前に断られちゃうから」

やはり、これればかりはどうにもならないか。

しばらく黙っていたゲルギエフは手をパンと叩いて鳴らし、安堵《あんど》を浮かべる。

「すばらしい！　ただちに実行に移りましょう！」

「お待ちください」

ヴォルコフ所長は慌てて遮《さえぎ》る。

「報告書をもとに、具体的な提案書を作成しますが、技術面以外の懸念も確認していただきたい」

ひとつめは、機密保持の問題。

「ミッションを進める中で、連合王国から多くの関係者がこちらに来ます。当然、機密区域や閉鎖都市への入場も許可せねばなりません」

この件について軍部は、「宇宙開発技術の多くは軍事と密接である」と断固反対の態度を取っている。また、ロケット開発者のグラウディン博士は自分の計画を蔑《ないがし》ろにされて激昂《げっこう》し、軍部と結託して強引にでも『C-I』を完成させようと躍起になっている。

リュドミラはうんざりした様子で、髪をかき上げる。

「グラウディンなんて放っておけば自滅するわ。強引に止めて揉《も》めるのも面倒。月周回飛行を実施する頃には、成功か失敗か、結論は出てるでしょ」

「わかりました。では、軍部は……」

「私が説得しておく。連中は『機密』って言うけど、有人宇宙飛行の技術のみに絞れば、軍事との関わりは薄い。むしろ逆に、連合王国のコンピューター技術や、ランデヴー・ドッキングの方法を盗める。さらに第三ミッションでは、あっちが秘密裏に開発していた『有人偵察衛星』に、合法的に乗り込める。『敵国と協業』につきまとう感情を排除すれば、いいことずくめなの」

共和国の宇宙開発にとって、予算を軍部が握っているのは厄介だ。これまで共和国が完全自動操縦にこだわった原因のひとつは、軍部が無人の自動偵察衛星を求めたからだ。しかし、『サユース計画』において軍の関与が薄まるのは、もしかしたらコローヴィンの狙《ねら》いだったのかもしれないとレフは思う。コローヴィンを引っ張り回し、酷使したのも、軍部だった。

議題はつぎの問題に移る。

『コローヴィンの状態を、どう誤魔化《ごまか》すのか？』

存在自体を国家機密としてきたおかげで、連合王国側には正体も病状も知られていない。しかし、共同事業を締結するのに表に出てこないのでは不信感を抱かれる。もし、意識障害だと明かせば、最終目標を本当に達成できるのか疑われる。だからといって、べつの科学者に不世出の天才を演じさせるのは荷が重すぎる。

皆で案を出し合った結果、設計主任はひとりではなく、科学者と技術者の集合知であると言い切り、正体は隠す方針となる。もし疑われたら、「あなた方は、自分たちで妄想した『東の妖術師』の妖術にかけられていたのだ」と煙に巻く。

まったくひどい話だとレフは内心憤《いきどお》る。しかし、共同事業を成立させるためにはそうするしかないと、自分に言い聞かせる。

秘密会議の最後、もはや置物と成り果てたゲルギエフに代わって、野心に満ちた瞳《ひとみ》のリュドミラが締める。

「提案書を作成したら、私のツテを使って、連合王国政府に極秘裏に送付し、反応を見る。その返事を待っていても時間の無駄だから、第一ミッションの『有人月周回飛行』はさっさと進める。その後の各ミッションも、下準備を開始する」

いよいよ、有人月面着陸計画が実現に向けて動き出す。レフの心の奥底で、静かな炎が揺らめく。

☽☽☽

秘密会議から一週間後、総勢五〇名の飛行士隊はヴィクトール中将に呼び出され、訓練センターの大教室に集合する。報告されるのは、レフにとっては既知の内容だ。

「連合王国との共同事業について、詳細を伝える」

各ミッションの内容をヴィクトール中将は興奮気味に話し、飛行士たちは驚きをもって受け止める。イリナもうれしそうに顔を輝かせる。数々の人災で一度は閉ざされた月への門を、皆の力でこじ開けた。そのよろこびが室内に満ちる。身重のローザはすでに除隊し、サングラードに移った。計画を聞いたらきっと笑顔を見せるだろう。

つづいて、レフとヴィクトール中将で選定した、各ミッションの搭乗予定者を発表する。

ヴィクトール中将が皆の顔を見て告げる。

「まずは、最終ミッション、有人月面着陸に挑む者たち。同志レフ・レプス大佐！　そして、同志イリナ・ルミネスク中佐！」

「えっ!?　そうなの……？」

イリナはアッと口を開けて固まる。レフはイリナに秘密会議でのやり取りを伝えていなかったので、まさか決定しているとは思っていなかったようだ。

皆は文句なしという顔で拍手喝采《かっさい》。

「よろしく、イリナ」

レフがポンと肩を叩《たた》くと、イリナはビクッと跳び跳ねる。

「レ、レフ……」

瞳を潤ませるイリナを、セミョーンが冷やかす。

「やったな！　レフと月に行く夢が叶うぞ！」

するとイリナはキッと睨《にら》む。

「月の石を口に突っ込んでやる」

ワハハと皆は笑う。

ここでレフは、浮き足だった皆を一度落ち着かせるため、真顔で忠告をする。

「補足がある。俺たち二名が搭乗員というのは、連合王国の了承を得たものではない。それに、月に至る道は、困難なミッションの連続だ。失敗すれば、そこで挑戦は終わる。人類が月に挑むことは、未来永劫なくなるかもしれない」

飛行士たちが表情を引き締めると、ヴィクトール中将は、各ミッションの代表者を指名していく。実績と知名度を考慮し、主に『夢の六人《ミエチタ・シエスチ》』から選んだ。

第一ミッションの『有人月周回飛行』は、一九六五年に『真ミェチタⅡ号』で宇宙遊泳を船内から見守った男。コールサイン『瑪瑙Ⅱ《アガード》』ことステパン・レヴィツキー中佐。

ヴィクトール中将は神妙な面持ちでステパンに告げる。

「三八万キロを往復する人類未到の冒険だ。成功の保証はない」

「帰還を目指します！」

ステパンは揺るぎない意思を伝える。

つづく第二ミッションは、『地球軌道上でのランデヴー・ドッキング試験』。

代表者は、一九六二年に『ミェチタⅢ号』でローザと『偽のランデヴー』を行ったジョレス・リムスキー中佐。真のランデヴーを決めて、汚名返上を狙《ねら》う。

第三ミッション『月周回軌道でのランデヴー・ドッキング試験』。この難関の代表者は、史上初の宇宙遊泳成功者である『瑪瑙Ⅰ《アガード》』ことセミョーン・アダモフ中佐。

「はィ！　私ダッ！」

セミョーンの声が裏返ったので、皆は笑う。ヴィクトール中将も苦笑いだ。

「陽気なお前なら、連合王国の連中とうまくやれるだろう。残り二名の搭乗員は、あちら側から選ばれる想定だ。一週間もかかる月旅行やランデヴー・ドッキングの末、喧嘩《けんか》して帰還されては困るぞ」

「蒸留酒で乾杯すれば、皆友だちですよ」

不安を笑い飛ばすセミョーン。

つづく第四ミッション——本番前の最終試験の代表者は、本来ならば『夢の六人《ミエチタ・シエスチ》』のローザかミハイルだった。しかし欠番となってしまったため、二期生を試験して、最優秀者を後日選抜することにした。

気合いの入る二期生たちに、ヴィクトール中将は忠告する。

「課題は異国人との交流だけではないぞ。飛行中の操縦も重要だ」

第三ミッション以降は、連合王国製のデジタルコンピューターを導入する計画になっている。

つまり、操縦方式は連合王国に倣い、コンピューターにも慣れないといけない。そのため、搭乗予定者は、新たな技術を短期間で習得する必要がある。

ヴィクトール中将は数枚の写真を見せる。

「これは、月周回飛行に使用する『ロージナ宇宙船』の内部だ。簡素で美しい」

操作パネルは警告灯、計器類とモニター類が多い。自動操縦機なので、飛行士が触れられるスイッチやボタンは少なく、わずか四つ。

「これに比べて、連合王国の『ハイペリオン宇宙船』は、スイッチやボタンが一〇〇〇個あると聞く」

イリナとセミョーンはうげっと口もとを歪《ゆが》める。

レフは以前、二一世紀博覧会の展示で連合王国の旧型宇宙船『ヘルメス』を見学して、共和国の『ミェチタ』と比べものにならないほどスイッチがあって驚いたが、さすがに一〇〇〇個は桁《けた》が違う。

ざわざわする飛行士たちを、ヴィクトール中将は大声で制する。

「待て！　一〇〇〇個のスイッチを全部使うとは言っていない。基本はコンピューター制御だと聞く。また、共同事業としての均衡を得るために、第三、第四ミッションは、連合王国側が船長を務めるはずだ。なので、こちらの役割は重くはない」

「よかったぁ」安堵《あんど》するセミョーン。

ヴィクトール中将はレフとイリナに険しい顔を向ける。

「だが、最終ミッションに搭乗するふたりは、強靱《きようじん》な精神力と、極めて高度な技術を要求されるだろう」

予定では、月面着陸時、イリナは月周回軌道に残る『司令・機械船』の操縦士となり、月着陸船とのランデヴー・ドッキングを担う。船長のレフは月までの飛行以外にも、月着陸船での降下・着陸の技術と、さらには月面探査活動もしなければならない。

　第三ミッション以降の代表者たちに、ヴィクトール中将は告げる。

「訓練には連合王国製のコンピューターなどの機材も使うべきだが、当然、この国にはない。共同事業が成立すれば渡航できるが、それまでは、想像で訓練をするしかない。こうした場合、最悪の展開は、打ち上げが近づいたときに技術が未熟だと判断されることだ。連合王国の連中に、船から引きずり下ろされかねん。ただでさえ、我々の印象は悪いはずだ。例の非合法書籍で、レフもイリナも宇宙飛行中は座っていただけで、パラシュートで脱出したという真実を明かしてしまったからな」

　非合法書籍の内容は、レフは記者会見で否定したけれど、他国の人々には疑われていると思っている。

　しかし、レフは心を燃やす。もともとは、戦闘機で大空を翔る飛行士だったのだ。実力を知らしめれば問題はない。軍人ではなかったイリナも、飛行訓練を重ねて、空軍の精鋭に負けない実力と度胸を身につけている。コンピューターや月着陸船は未知でも、努力でものにしてみせる。

　レフはヴィクトール中将に向かって胸を張る。

「必ず、栄光を手に入れます」

イリナも、自信ありげな顔つきで言う。

「座ってるだけなんて退屈だったから、うれしいくらいよ」

レフはイリナと目を合わせ、やってやろうと頷《うなず》く。

彼女の赤い瞳《ひとみ》は、熱い煌《きら》めきを放つ。

深緑の瞳　Очи Темно-зеленые

電気蓄音機から流れる交響曲『新世界』は、窓から見える夜景に深みを与える。

サングラード市街地に建つ高層住宅の最上階で、リュドミラは蔓苔桃《つるこけもも》の砂糖漬けを食べながら、連合王国への提案書を確認する。

長年の活動はようやく実り、収穫期を迎える。

一九五〇年代、諜報《ちようほう》活動の一環で、リュドミラは氏名を偽り、連合王国の名門大学に留学をしていた。当時は宇宙開発がはじまったばかりで、結果は出ていなかった。しかし、ロケット開発の第一人者であるクラウス博士がテレビの科学特番で熱く語ったり、『フライ・ミー・トゥ・ザ・ムーン』というSF小説がベストセラーになったりと、宇宙熱の高まりを肌で感じた。

そして、近い将来、宇宙が戦場になるだろうと想像した。また、その戦争で勝利するのは、急激な発展を遂げている連合王国だとも。

そこでリュドミラは、見どころのある科学者や技術者に接触し、ときには身体《からだ》も利用し、独自の人脈を築き上げた。いつか役に立つ日が来るはずだと、確信を持っていた。

そして、先日の秘密会議が開かれる前に、ANSAが『月と猟犬』をどう感じているのか、感触を探るために、連絡を入れた。「――非合法書籍に掲載された設計書は部分的で、誤りや嘘《うそ》が混在している。こちらには、『東の妖術師』が作り上げた原本が存在する。詳細を教えてもいいけれど、まずは、そちらに共同事業をする気があるかどうか、考えを聞かせて」と。

そしてＡＮＳＡから「詳細を希望する」と返事を受け、軍部を除外した秘密会議を開き、共和国の皆々から合意を得た。

当面の目標の達成まで、あと少し。

月の魔力に魅入られた者たちの夢や欲望を、科学の発展に利用する。

そのために、ここまで動いてきた。

『ノスフェラトゥ計画』の実行。〈運送屋〉の幹部や結社の権力者と結託し、ゲルギエフを籠《ろう》絡《らく》する。連合王国に潜む同志と手を組み、工作員をＡＮＳＡや関連企業に放ち、『ハイペリオン宇宙船』に引導を渡す。共和国連邦が破滅する前に、東西二大国による世界支配を達成する。

いずれ、連邦を解体し、不用品を排除して、最適化、再構築する――

それが、世界の裏に潜む者たちの野望。国際協調など方便に過ぎない。表向きは世界をふたつにわけ、均衡を保ちながら支配する。欲深い結社の者たちは、そこで満足する。リュドミラはその先を描いている。

それは、人類の物理的な死の克服。

人類の夢は、月面着陸などであってはならない。永遠の生命こそ、生きとし生けるものが本能で求める夢。人類に共通する死との闘いこそ、国籍や人種、貧富を超えて、一致団結できる。

前世紀の共和国で芽吹いた深遠な思想を、科学の力で実現する。

しかし、現在の科学力では足りない。地球上の水や、人体を構成する有機物の起源すら調べられない。ただ、ひとつ確実なのは、どちらの起源も、宇宙にある。つまり、宇宙の秘密を解読すれば、生命を支配できる。ゆえに宇宙の探求こそが、英知を結集すべき事業である。

宇宙開発競争は科学を発展させる。やがて、超伝導を実現し、受胎から死に至るまでのすべての過程を解明する。されば、生命を制御できる。

今日の不可能は明日可能になる。この言葉を遺した科学者は言う。宇宙への移民が、人類を種として完成させ、そして不死を獲得すると。

宇宙にも地球にも神はいない。科学技術が人間を神化させる。しかし人間は愚かなので、オある者が裏で調整をしなければならない。

吸血鬼は一〇〇〇年を生きるという伝承がある。

ただの伝承だ。

一〇〇〇年生きるのは、科学技術の恩恵を享受できる、ひと握りの支配者たち。

でも——

生きつづけて、何がある?

醜い権力者たちといっしょに年を取っていく?

——最悪。

リュドミラは蔓苔桃《つるこけもも》の砂糖漬けを口に含む。甘みが自我を回復する。

嘘《うそ》にまみれて生きるうちに、甘い物だけを信じるようになった。菓子、果実、蜂蜜《はちみつ》。甘い物は、口に含めば、身も心も幸福で満たしてくれる、絶対に裏切らない存在。愚かでくだらない人間たちなど信用しない。

そう考えていた日々に現れたのがあのふたり——レフとイリナだった。

凱旋《がいせん》式典での挨拶《あいさつ》は刺激的で、真っ向から歯向かってくるふたりは、可愛《かわい》くもあり、憎くもある。夢のためなら命を投げ出す覚悟で、非合法書籍で嚙《か》みついてきたときは、ぞくぞくした。

長く生きようなんて考えず、命を燃やす。

それはそれで、おもしろい。

叶えられるなら、叶えてみなさい。

太古からの人類の夢という、月面着陸を。

窓の外に浮かぶ満月に、リュドミラは蔓苔桃の砂糖漬けを重ねて、ぐしゃりと指で潰《つぶ》す。溢《あふ》れ出た内臓のような果実を舌で舐《な》め取り、鼻で笑う。

宇宙飛行士は新世界へ導いてくれる革命家。

そうよね、レフ？

連合王国南部の港湾都市ニューマーセイル市――通称『ライカ・クレセント《Like a crescent》』は、五月も終わりに近づくと三〇度を超える日が出てきて、蒸し暑さを感じる。

バートとカイエは有人宇宙船センター近くの丘陵で軽食を取りながら、共和国から届けられた『サユース計画』の提案書について話す。共同事業の提案は、政府でも一部の者しか知らない極秘事項だが、コンピューターの搭載で関係するふたりは、実現可能性調査のために資料を渡されていた。

バートはハンバーガーを食べながら、隣のカイエに話しかける。

「もし合意したら、僕たちは業務で共和国に行くのかな」

「ん――」

マスタードたっぷりのホットドッグを頬張《ほおば》っているカイエは、口に手を当て、もごもごと頷《うなず》く。

提案は青天の霹靂《へきれき》だった。

共和国がデジタルコンピューターを欲している件は、関係者の誰もが驚き、同時に納得もした。

これまで、共和国の開発事情は隠されていたので内情は不明だったが、高度な自動操縦化が

進んでいるとＡＮＳＡでは考えていた。

しかし、提案書を読む限り、どうやらデジタルではなく、アナログコンピューターによるものだったらしい。共和国の技術について、カイエはこのように推測している。「――マイクロ《プログラ》コンピューターを搭載した制御装置《マブル・ロジック・コントローラ》を積んで、ハードウェアの物理的な結線《ハード・ワイヤード・ロジック》をソフト化して制御しているんじゃないかな。指定の時間になったり、条件が揃《そろ》ったりしたときに、自動でスイッチが入るような……」と。

使用者に高い数学力が求められるアナログコンピューターは、計算こそ速いが、柔軟性がなく、月面着陸のような複雑なオペレーションには向かない。そこで共和国は、連合王国のデジタルコンピューターに目を付けたというわけだ。

しかし、提案されたからと言って、計画に乗ると決まったわけではない。共同事業化には反対意見が多く、共和国を嫌うフライトディレクターのデイモン部門長たちも、簡単には納得しないだろう。さらに技術的な問題も多々ある。これらを踏まえて、どう対応すべきか、政府とＡＮＳＡの中枢メンバーによる会議を開き、今後の方針を決めることとなった。

そして光栄にも、バートとカイエはその会議に召集された。カイエはハイペリオン誘導コンピューター、通称『ＨＧＣ』のソフトウェア開発責任者であり、『サユース計画』が実現可能なのか、検証結果を報告するのだ。

宇宙開発が進むほど、技術者は評価され、平均年齢は二〇代半ばと若いが、発言力は高まっている。かつては『予算を食う巨象《ホワイト・エレファント》』と邪険に扱われていたコンピューターも、月へ行くためには必要不可欠だと、誰もが理解するようになった。

三八万キロ先に浮かぶ月への着陸を目指す機体は複雑化し、もはや人間の手だけで操れるものではない。操縦に絶対の自信を持つ元エースパイロットの宇宙飛行士たちも、シミュレーターの訓練でことごとく失敗し、白旗をあげた。

また、コンピューターがミッションの中核になったのは、集積回路《IC》の開発により、船内に載せられるほどに小型軽量化したことも大きい。電気回路の概念を変えた集積回路は、共和国にはない強みだ。

しかし、コンピューターがいくら高性能でも、設置するだけではただの箱。プログラミングの魔法を使い、用途に合うように仕上げねばならない。それをできるのは、コンピューター技術者のみ。

——と偉そうに言えるのも、バートはカイエと出会えたからだ。

この場所で彼女に小型ミサイルを打ち込まれてから、長い年月が経った。広大な綿花畑の面影はなく、丘陵地帯には商店や小綺麗《こぎれい》な住宅が建ち並ぶ。この町は宇宙開発の中心として急激に成長し、企業や研究所がこぞって拠点を開設した。有人宇宙船センターは、有人月面着陸計画『プロジェクト・ハイペリオン』の本部となり、一九六七年には公式に『宇宙都市』の冠を付けられた。

そんな誇らしき都市から、バートとカイエは四年前に引っ越した。今日は会議に参加するために、出張してきただけだ。

今は、北東に三〇〇〇キロメートルも離れた都市に住み、名門工科大学の研究ラボに出向している。以前バートたちが勤めていた旧ケイリー研究所は『変人の天国《ナード・ヘヴン》』と呼ばれたが、この工科大学も負けず劣らずで、科学技術を規定外の方法で利用することを『ハック』と名づけるなど、知的な刺激に溢《あふ》れた環境だった。

『慣性航法の父』として名高い教授が指揮を執る組織は、全体で六〇〇名以上の技術者を抱える大所帯。その中で、バートとカイエは航法・誘導・制御システムを司るコンピューター『HGC』の開発に心血を注いできた。

六〇〇名の中には新血種族のカイエを嫌う者も多くいたが、配属先の研究チームに恵まれた。チームのメンバーは、カイエを純粋に実力だけで評価した。ほどなくして、カイエは教授に天才的発想を認められ、フライト・ソフトウェアを統括する責任者に指名された。

カイエの役目は、『HGC』に採用するデータ構造やアルゴリズムを考え、月面着陸を成功に導くソフトウェアの仕様を、特殊な言語と数式で作成すること。かつては暗い地下の片隅に追いやられていた彼女に、月計画の命運が託されたといっても過言ではない。

だが、そんな重要な立場になっても、カイエの欠点は改善されず、バートはいつもヒヤヒヤだった。

集中すると周りが見えなくなり、教授が話しかけても気づかない。熱い珈琲《コーヒー》で舌を火傷《やけど》するわ、歩いていて壁にぶつかるわ、カイエを庇《かば》って何本のメガネを壊したかわからない。

そんなカイエは、技術者としては超一流でも、責任者としては不安がある。だからバートは常に傍《そば》に控えて、彼女が安心して業務に打ち込めるように、献身的に動いてきた。

しかし、カイエの補佐だけが、バートの役割ではない。

Dルームに入った頃はついていくだけで必死だったが、勉強を重ねて、どんな業務にも対応できるようになった。報告書を作り、教授やANSAの計画調整役とソフトウェアの運用計画をやり取りして、駄目出しをされ、見直して、また報告書を作る。こういった作業は、カイエには向かない。逆にバートはプロジェクトを進めているという達成感を得られる。だから、カイエバートとカイエは、ふたりでひとりの名コンビとして評価されている。そして、そんなふたりは、工科大学の人びとから、恋人だと見られている。

誤解だ。

たしかに、バートにとってカイエが特別な存在であるのは間違いないけれど、プライベートで恋人として付き合っているわけではない。核戦争の危機の夜に「同じ夢を見よう」と約束し、あのあと二一世紀博覧会にも遊びに行ったけれど、それ以上の進展はとくにない。

ANSAの宣伝活動で表に出ると、アーナックニューズなどのタブロイド紙が勝手に写真を撮ったり、下世話な質問を投げてきたりする。そしてどういう関係なのかと訊《き》いてくるが、「仕事のパートナー」と答える以外にはない関係が、ずっとつづいている。実際、仕事で深く関わりすぎてきたためか、恋愛話などまったくできないような関係性になっていた。

「ねえ、バート」

ようやくホットドッグを飲み込んだカイエに声をかけられる。

「共和国に行くかもって話だけど、『月と猟犬』を読んで以来、怖いなぁって思っちゃって……」

バートはしっかりと頷《うなず》く。

「同じく、怖い……」

共和国の内側は、市民の生活ですら、ほとんど明らかになっていない。ニュースで目にするものと言えば、派手な軍事パレードくらいだ。一般市民の考える共和国は、秘密主義で、暗くて冷たく、嘘《うそ》を吐《つ》き、不都合な人物は処刑——

暴露本についての記者会見で、レフは「宇宙開発に関する記述は、国家を恨む反逆者の犯行で、すべて嘘偽《うそいつわ》り」と説明していたが、逆にすべて真実だというのがＡＮＳＡの見解で、バートもカイエもそう思っている。おそらくレフは、上からの命令で、嘘の釈明をさせられていたのだろう。

想像するだけでバートはブルッと震える。

「業務でミスをしたら消されるとか……」

カイエは不安そうに瞳《ひとみ》を揺らす。

「さすがにそれは……ないといいね」

「……まあ、行くか行かないかは未定だし、怖い話は脇に置いておいて……共同で月を目指すの、現実的に考えて、できると思う？」

カイエは半信半疑の顔で言う。

「提案書に書かれているとおりに、欠点を補い合えば、不可能は可能になるんじゃないかな。提案書が正しければ……だけど」

本当にそのとおりだ。計画について細かく書かれてはいるが、共和国の技術情報がすべてこちらに開示されたわけではないので、記載を信じるしかない。

ただ、怖いと言いつつも、バートもカイエも共同でやりたいと考えている。共和国とは争わず、仲間として月へ行きたいという願望はずっと抱いている。それに何より、暴露本の記者会見でも、レフとイリナは「共同事業については賛成」と言っていた。

カイエは東の空の果てを眺める。

「二一世紀博覧会で交わした約束、叶うといいな」

カンファレンスの壇上で、カイエが惑星をクッキーに喩《たと》えると、共和国のふたりは同意して、話を合わせてくれた。その後、彼らにサインを入れてもらった著書は、バートの宝物だ。あのときレフは「改訂版に連合王国での出会いを書きたい」と言ってくれて、バートは楽しみにしていたのだけれど、出版されたものには載っていなかった。おそらく検閲で消されてしまったのだろうと、やるせない気持ちになった。

そして結局、競争はつづいて、両国で不幸な事故が起きた。

結果、連合王国の宇宙計画は危機に陥った。重大事故を連続で起こした『ハイペリオン宇宙船』は開発停止中。訴訟沙汰《ざた》の上に、設計を見直す予算はない。肝心要《かんじんかなめ》の有人宇宙船がそれでは、『プロジェクト・ハイペリオン』の存続は危うい。

そんな状況下でも、コンピューター部門は有人月面着陸計画の継続を信じて、大量の人員を雇ったまま、業務をつづけている。

研究ラボでは『HGC』の開発を進め、また、別ラインのロケット用の航行コンピューターは、ACE社とDルームのミア・トリアドールたちが合同で作業をしている。

そして、もうひとつ。史上初のOSを積んだ高性能汎用コンピューター『ACE-α』が管制センターに導入された。『HGC』が宇宙船の頭脳ならば、『ACE-α』は地上の頭脳。月面着陸における膨大なデータ処理が可能なこのコンピューターは、共和国には用意できない。

また、開発が難航していた『月着陸船』も改良を重ねており、開発全体は停止したわけではない。

しかし、予算の問題もあり、いつどう転ぶか、誰にもわからない状況にあるのは事実。その助け船になるのが、『サユース計画』だ。

宇宙開発の継続と共同事業の合意を願い、バートとカイエは会議に出る。

☽☽☽

有人宇宙船センター本館の会議室に、錚々《そうそう》たるメンバーが集結する。

ANSAからは、キッシング長官ほか国内各地の施設の幹部、ロケット開発者のクラウス博士、『ハイペリオン宇宙船』『月着陸船』の各責任者。

政府からは科学諮問《しもん》委員長、国務次官、そして首相。貫禄《かんろく》のある者が多く、バートとカイエは浮いている。これまでもふたりは重要な会議に何度も出席しているが、今回はその中でも規模が違い、状況も切迫している。

バートは喉《のど》がカラカラに渇き、隣のカイエも落ち着かない様子で指先をぐにぐにと揉《も》んでいる。緊張するのも当然だ。なんせ、この国の宇宙開発の未来は、この会議で方向が決まるのだから。

会議の冒頭、キッシング長官が深刻な面持ちで前提を言う。

「まず、現時点で、我々には飛行可能な有人宇宙船はありません」

出席者たちはため息まじりに頷《うなず》き、キッシング長官はつづける。

「暴露本に載っていた突飛な計画が、現実的な案に改良されて、極秘裏に送りつけられました。共和国は『年内に第一ミッションの月周回飛行を実施する』と主張しています。この挑戦が失敗に終われば、両国とも月には到達できなかったとして、引き分けになります。もし達成された場合、我々は、共同事業を受けなければ敗北となる」

勝ち負けへのこだわりに対して、バートはモヤモヤした感情を抱く。しかし、長いあいだ競ってきた以上は、どこかで決着をつけるしかないのだろう。

キッシング長官は険しい顔で言う。

「提案書では、共同事業の目的は国際協調だと謳《うた》っていますが、真の目的は、史上初めて月面に降りる人類を、共和国の宇宙飛行士にすることです。以上を踏まえて、有人月面着陸計画の見直しを話し合いたい」

最初に、無断で共同事業の計画書を作られた件が議題となる。

だがこれは、さほど問題ではない。関係者全員が「やはりやられた」と感じていた。

なぜなら、ＡＮＳＡは共和国に情報を与えることを承知の上で、公開をしていたからだ。競争ならば手の内を隠した方が有利だが、非公開にできない理由がある。隠してしまうと、税金を払う国民の理解を得られず、宇宙開発への賛同を失い、予算を獲得できないのだ。そのため、各機体の設計から製造まで一六ミリフィルムで撮影し、四半期ごとに書面で記録している。軍事機密である『有人偵察衛星』の情報までもが奪われていたのは問題だが、諜報員《ちょうほう》を放っているのはお互い様で、それはまた別の話だ。

つぎの議題は、『サユース計画』は実現可能なのか？

科学技術チームの検証結果を、クラウス博士が代表して話す。

「共和国の宇宙機の実物を見たわけでもなく、データも少ないので、今から話すことは、あくまでも机上論としての意見です。率直に申し上げれば、正直なところ、やってみないとわかりません。しかし、『両国から司令・機械船と月着陸船を別々に打ち上げ、月周回軌道でランデヴー・ドッキングする』という方法は、極めて困難ですが、両国が協力すれば実現可能でしょう。ほかの各ミッションも合わせて考えると、単独でやるよりも予算を削減できて、スケジュールも短縮できる。総じて理に適っており、政治的な問題を除けば、メリットばかりです」

月着陸船の開発主任は、同意の旨を語る。

「共和国の案を採用すれば、月着陸船は無理な軽量化が不要になり、安全性が増します」

バートは『ＨＧＣ』開発のために何度も工場を見学に行っていたので、現場の厳しい状況をよく知っていた。

月着陸船の開発には三〇〇〇人を超えるスタッフが従事していて、約一〇〇万個の部品はすべて手作りだ。スイッチひとつをとっても、打ち上げの振動に耐える耐久性、火花を出さない安全性など、さまざまな条件がある。仮に部品の信頼性を九九・九パーセントにしたとしても、一機につき一〇〇〇個は不良品が出てくる計算で、精度を高めねば事故が起きる。試作機は二〇機を超えるも、完成しない。一番の問題は軽量化で、配線を剝《む》き出しにしても基準を満たせず、重量を減らすごとにＡＮＳＡが報奨金を出すほどだった。その問題が解消するならば、一気に完成に近づく。

首相は真顔で技術班に問う。

「君たちは、提案を受けるべきだと……？」

クラウス博士は強く頷《うなず》く。

「共同事業とすべきです」

待望のひと言が出て、バートの胸がドクンと鳴った。カイエをチラと見ると、わくわくした瞳《ひとみ》と視線がぶつかった。彼女も期待が膨らんでいるようだ。

その後、クラウス博士は首相を説得しようと理由を並べ立てる中で、時折、『東の妖術師』に対するライバル心を覗《のぞ》かせる。「共和国が情報を公開していれば、私にも考えられた」「こちらから提案してやりたかった」と。冷静に、ときに熱く語る彼の言葉に、出席者たちは真剣に聞き入る。

「――ハイペリオン宇宙船の開発を打ち切れば、リソースをほかに振り分けられます。これが最善でしょう」

クラウス博士による死刑宣告にも似た通告に、ハイペリオン宇宙船の開発主任は悔しげに顔を歪《ゆが》めながら、カイエに問う。

「共和国の宇宙船は、コンピューターが追いついていないようで、こちらの製品を使わせろと要求しています。その点はどうか。カイエ・スカーレット氏の見解を伺《うかが》いたい」

「はい！」

カイエは準備万端で、明朗に回答する。

「月面着陸のような複雑なミッションを成し遂げるには、搭載するコンピューターの性能が重要です。ただ、こちらからあちらへ単純に載せ替えて済む話ではないので、くわしい検証が必要です」

コンピューターは、用途に応じて種類や中身が異なる。ロケット、司令・機械船、月着陸船それぞれに、別のものが搭載される。

まず、ロケット用のコンピューターは、安全に宇宙まで打ち上げることが目的となる。これについては二か国とも打ち上げに成功しており、共和国も求めていないので、検討は不要。

つぎに、『HGC』について。ひと言で『HGC』と言っても、司令・機械船と月着陸船とでは、搭載するソフトウェアが異なっている。

『サユース計画』における、月着陸船用『HGC』の役割は、連合王国から単独で打ち上げられた月着陸船を月周回軌道に乗せることと、月周回軌道に到着したときに、司令・機械船とランデヴー・ドッキングを行うこと。現計画よりも複雑になるが、コンピューターの載せ替えは発生しない。

一方、司令・機械船用『HGC』は、現計画では、船を月へ向かわせて、月周回軌道に乗せることと、地球へ帰還することを担う予定だった。『サユース計画』では、そこに、月周回軌道での、月着陸船とのランデヴー・ドッキングが加わる。

「ここで問題になるのは、『HGC』を共和国製のロージナへ搭載する際の、物理的な制約です」

カイエが注意深く言うと、キッシング長官は眉間《みけん》に皺《しわ》を寄せる。

「難しいのかね」

「実機を見たわけではないので断言はできませんが、載せ替え自体は可能でしょう。ただ、双方の設計がまったく異なるので、さまざまな課題が押し寄せるはずです。操縦方式も違いますし、手順も増えます。なので、どのくらいの手間や作業が発生するか、想像もつきません。場合によっては非常に困難です」

クラウス博士は顎《あご》に手を当てて唸《うな》る。

「あの国が詳細なデータをすべて渡してくれるとは思えない。あちらに渡って、現場で技術者と話し、詰めていくしかない」

カイエは大きく頷《うなず》く。

「また、あちらの飛行士はアナログコンピューターでの完全自動操縦に慣れているため、こちらのデジタルシミュレーターを使っての、半自動操縦での訓練が必要になります」

国務次官が、不思議そうな顔で口を挟む。

「なぜ、こちらは完全自動操縦にしないんだね？」

「人もコンピューターも、一長一短があるためです」

予期しないトラブルが発生したとき、人間ならば知識や経験をもとに臨機応変に対処できる。ただし、人間はコンピューターに比べると処理能力が低く、疲れればミスを起こす。

一方、コンピューターは、長時間動かしても、処理は高速で正確。ただし、もし異常が起きたら自分では判断や修復ができず、エラーを発しつづける。また、全自動化はプログラムが膨大になり、予算も増大する。

そこでANSAは、宇宙飛行士とコンピューターの共存を目指した。航行を制御するコンピューターを手動で補い、難しい月面着陸ミッションに挑む。

「この役割分担を、共和国側がどの程度理解してくれるか？　私にはわかりません」

それは、この場にいる全員がわからない。共和国の宇宙開発現場に対しては、誰もが、血の通っていないロボット工場のようなイメージを抱いている。

その後、カイエがソフトウェアに関して話しはじめると、出席者たちは黙って頷くことしかできなくなる。『HGC』は工科大学の研究チームがゼロから作り上げており、独自に開発した低水準言語は、関係者でなければ謎《なぞ》の暗号にしか見えないのだ。

カイエが難解な説明を終えると、バートはスケジュールを説明する。
「最終目標までにミッションが複数ありますが、ソフトウェアに対するそれぞれの要求事項を明確にして、運用計画を策定します。具体的な作業スケジュールは、資料をご覧ください」

［ソフトウェアの設計について］

・打ち上げの一三か月半前に、誘導システム運用計画の見直しを終了。
・一〇か半月前に、プログラムの開発を終了。
・八か月前までに、テストを完了。
・磁気テープを製造担当会社に送り、シミュレーションを行う。
・四か月前に、メモリを完成させる。

一九六〇年代のうちに月面着陸を達成するという当初の宣言に従い、一九六九年一二月の打ち上げから逆算した仮のスケジュールをつぎに提示する。なお、第二ミッションには連合王国のコンピューターは搭載せず、第三ミッション以降に搭載することを想定している。

一九六七年　五月　　　　現在
　　　　　　年末　　　　共和国が第一ミッションを行う想定
一九六八年　六月半ば　　第三ミッション、見直し完了
　　　　　　八月半ば　　第四ミッション、見直し完了
　　　　　　九月半ば　　第二ミッション打ち上げを想定
　　　　　　一〇月半ば　最終ミッション、見直し完了
　　　　　　一〇月半ば　第三ミッション、プログラム開発終了
　　　　　　一二月　　　第三ミッション、テスト完了
　　　　　　一二月半ば　第四ミッション、プログラム開発終了
一九六九年　一月半ば　　最終ミッション、プログラム開発終了
　　　　　　二月　　　　第四ミッション、テスト完了
　　　　　　四月　　　　最終ミッション、テスト完了
　　　　　　八月　　　　第三ミッション、打ち上げ
　　　　　　一〇月　　　第四ミッション、打ち上げ
　　　　　　一二月　　　最終ミッション、打ち上げ、有人月面着陸

「一年ちょっとしかないが、間に合うのか!?」

国務次官が大声を上げると、カイエは穏やかに答える。

「ご安心ください。共同事業になっても、積み上げたものがゼロになるわけではありません。それに、これまでは一九六九年夏の本番を目指してきたので、余裕はあります。そして、死亡事故の過ちを繰り返さないように、スケジュールを組んでいます」

「ああ……ならいいんだ」と、諭された国務次官は苦い顔をする。

カイエは皆に向けてやわらかく微笑《ほほえ》む。

「私たちの役割は、宇宙飛行士を安全に月へ導き、帰還させること。そのために全力を尽くします。どこの国が相手でも、使命は変わりません」

自信に満ちたカイエの言葉は、不思議な説得力を持って場を支配する。

そして、バートは皆に熱意を持って語りかける。

「共和国の徹底した秘密主義を考えると、調整は難航するでしょう。考え方の違いなど、コミュニケーションの問題もあります。しかし、最終目的が同じならば、より良いものを作ろうと、団結できるはずです。実際、競争になっていない分野では、国際会議で両国の科学者は議論を交わし、親交を深めています」

政治的な壁を排除すれば協力できるとバートは強く思っているが、根拠のない希望にすぎない。なので、当然、共同事業化に対する疑問は湧《わ》いて出てくる。

科学諮問《しもん》委員長は眉《まゆ》をひそめる。

「暴露本が真実ならば、内側はひどいものだ。そんな国からの提案を信じていいのか？　例のロケットは、本当に放棄するのか？」

偵察衛星が共和国内を撮影した写真に、開発中と思しき超巨大ロケットが映っていた。諜《ちょう》報《ほう》員の情報を合わせると『C-I』という名称で、月面着陸用らしい。

疑念に対して、クラウス博士は正面切って反論する。

「あんな物体を打ち上げるなど、現代の技術では不可能です。爆発して終わりですよ。だからこそ、共同事業を提案してきた。共和国の宇宙開発も、間違いなく危機にあります。皆さん、いいですか？　この先の宇宙開発は、月よりもさらに遠くへ向かうでしょう。今ここで手を組めば、費用の分担や、安全性の向上につながります」

熱弁を振るうクラウス博士だが、国務次官から指摘が入る。

「博士の意見は、『宇宙空間は平和に共有できる』という考えが前提です。人類の歴史で、争いのない時代がありましたか？」

その後も平行線の言い合いがつづき、論点は、月面着陸時の問題に広がる。共和国の提案にはいくつか条件が挙げられていたが、その中でもっとも問題視されたのが、この二点――

・月面に降りる最初の人間は、レフ・レプスとする。
・民族融和の象徴としてイリナ・ルミネスクを搭乗させる。
有人宇宙船の使用を盾に取った強欲的な要求であり、当然、物議を醸《かも》した。

しかし、バートは胸が躍る。バートにとっては、兄のアーロンが史上初の人物に選ばれることよりも、共同事業として月に挑む方が、心が震える。しかし、共和国の要求を快く歓迎する者はバートとカイエ以外にはいない。

史上初を譲るのは、敗北を認めるのと同義。しかも、月着陸船の構造上、先に降りるのは船長になるため、自動的にレフが船長の座も得てしまう。

この問題には、ANSAと政府両方から、異論が相次ぐ。「各方面から猛烈な反対を受けるぞ」「国民が納得しない！」

そのとおりだ。

先日、レフが『月と猟犬』の会見で共同事業に賛成する発言をしたあと、新聞社が『共同事業にすべきか？』という世論調査を行った。すると、「予算が減るなら、共同にすべき」という賛成が多く見られた。しかし同時に「最初に月に降りるのは、連合王国の宇宙飛行士」という条件が付随する。

国務次官は鼻息を荒くする。

「偉業の手助けをするくらいなら、潔く退《ひ》いた方がマシではないか？」

首相は猛然と反論する。

「駄目だ。いきなり宇宙開発を中止にすると、何万人という大量の失業者が出る。何より、第一ミッションを成功されたら、提案を呑《の》む以外にないのだ。もしそこで断れば、完敗の屈辱に加えて、国際協調を蹴《け》ったとして、世界中から批判される。超大国の威厳を保つためにも、それは避けねばならない」

共同事業における重要な点は、両国が満足することと、月面着陸というミッションを両立させることだ。

しかし、すり合わせは難しい。

首相は解決に持って行こうと、案を絞り出す。

「月面に降りるハシゴから、ふたり同時にジャンプするのはどうだ?」

月着陸船の開発主任は、首を横に振る。

「ハシゴは、重力が六分の一になる月面に合わせて軽量化してあり、簡単に折れ曲がります。無茶をして事故が起きたら、帰還できなくなります」

妥協点を探すしかないが、なかなか名案は出ず、「『サユース計画』自体が罠《わな》ではないか?」という意見も出る。ミッションの中で、軍事機密である『有人偵察衛星』の利用を考えている点について、科学諮問《しもん》委員長は疑問を投げる。

「有人偵察衛星は実用化こそされていないが、相手側を中に入れたら、技術を盗まれかねない」

クラウス博士は厳しく返す。

「この際だから言いますが、あれこそ予算の無駄です。今や技術力は上がり、無人機で事足りるようになってます」

あれやこれやと言い合うが、埒《らち》が開かず、キッシング長官が半ば強引に、悩ましい顔で取りまとめる。

「よし、こうしましょう！　メディアを利用して、我々が正義であり、我々の技術で偉業は達成できたと、民意をコントロールするんです。世界市民のほとんどは、共和国の嘘《うそ》にまみれた報道よりも、我々の話を信じます」

共同事業で月面着陸を達成した場合、レフ・レプスの名が『史上初めて月に降りた人物』として歴史に残り、共和国は未来永劫アピールしつづけるだろう。そこを、別の切り口で主張する。連合王国は、国際平和と人類の悲願のために科学技術を提供し、二か国の宇宙飛行士が協力し、史上初めて月に降り立った、と。

そして同時に、コンピューターの商業的な宣伝も行う。近い将来、コンピューターは巨大ビジネスに成長すると予測されているので、月面着陸を大々的な広告にする。

首相はやや自虐的な笑みを浮かべる。

「コンピューター担当のふたりには、広報活動をがんばってもらわねば」

バートもカイエも「はい」「がんばります」と快活に答える。ただ、バートはカイエの表情が微妙に揺れていたことに気づく。宣伝に対してあまり積極的になれないのだろう。それはバートも同じ気持ちだ。作ったソフトウェアは評価してほしいけれど、自分たちは芸能人ではないので、前に出るのは、なんだか、モヤッとしてしまう。

長時間にわたる会議の結論は——共和国の第一ミッション次第となった。

・有人月周回飛行を成功させた場合、首相は退陣を覚悟で、共和国の提案を飲む。

・有人月周回飛行を達成できない場合、共同事業化はせず、『引き分け』とする手打ちを持ちかけて、両国とも月面着陸計画は凍結させる。

また、開発現場は、第一ミッションの進捗《しんちょく》を横目に見つつ、共同事業化を見越した人事や技術開発を極秘裏に進める。国務省、国防省と連携し、反対派には理解を求め、報道各社には機密保持の根回しをする。

そして会議の最後に、首相は皆の顔を見回して言う。

「近日中に、女王陛下に報告し、確認を取ります。聞かずとも、彼女の答えはわかっていますが……」

皆は深く頷《うなず》く。サンダンシアは賛成するだろうと、バートも確信している。おそらく彼女が、国内で一番強く共同事業化を願っている。

すると、国務次官がしたり顔で言う。

「女王陛下が望んでいると押し出せば、反対する国民に対して申し訳が立ちますなァ」

ひどい責任転嫁で、バートは小腹が立つ。しかし、皆も同じ気持ちを抱いたようで、誰も国務次官に同意しない。

「失礼……」と国務次官が小さくなると、キッシング長官は咳払《せきばら》いをして、会議を締める。

「共和国は本当に有人月周回飛行に挑むのか？　そして成功するのか？　すべては、それからです」

☽☽☽

会議が終わると、まもなく二四時だった。

へとへとになったバートとカイエは、本館内の自動販売機でコーラを買い、窓際のベンチに腰かける。

バートはメガネを外し、ゴクゴクと飲む。ぼんやりしていた頭が爽快《そうかい》感に満たされ、ようやくホッとひと息つく。

「共同事業、上手《うま》くいくといいね……問題は山積みだけど」

カイエは天を仰ぐ。

「責任重大……」

会議では自信に満ちたふうだった彼女だが、今の言葉が本音だろう。未知の世界を探検するためのソフトウェア設計だけでも大変なのに、それを共和国の宇宙船に合わせるという任務が加わったのだ。

カイエはぐーっと大きく背中を伸ばして、「はぁー」と息を吐くと、気持ちを切り替えたように表情を明るくする。

「でも、がんばって作ってきた『ＨＧＣ』が無駄に終わる寸前だったんだから、引き取り手ができそうなのは、すごくうれしい」

「本当にそうだね。第一ミッション次第だけど、首の皮一枚で、夢がつながった」

肩をすくめるカイエ。

「でも、コンピューターの載せ替えは想像もできないわ。だって、共和国の宇宙船を見たこともないんだもの。ロケットもそうだけど、公開されるものは嘘《うそ》っぽいイラストばかりだし……」

バートは全面的に同意する。

「秘密主義極まれり、だもんね」

カイエはコーラをコクリと飲む。

「同じ人類が、同じ目的のために、同じ地球の素材を使って作った機械だから、案外簡単かも……なんて希望は持ってるけど」

「大変そうなのは、コミュニケーションも……。向こうの技術者って、噂《うわさ》どおりにSFのロボットみたいな感じなのかな……」

共同事業になった場合、バートの担当する業務は倍増する。

各国で試験の実施、手順書の作成、シミュレーター訓練に付き合い、会議を繰り返し、各種報告書を作成し提出――これを二か国分。考えるだけでも頭が痛くなる。

バートはもともと人付き合いが上手《うま》い方ではない。

ANSAに入社した直後に『吸血鬼の巣』と呼ばれたDルームに送り込まれ、宣伝塔に押し出され、何千、何万人という観客相手にしゃべる機会が多かったおかげでかなり鍛えられたが、コンピューターに不慣れな異国の人びとを相手にするのは、骨が折れそうだ。気難しい人たちで、喧嘩《けんか》になったらどうしようと不安になる。

バートは髪をクシャクシャして、「ハハ……」と軽く自嘲《じちょう》する。

「まだ決まってないのに、共和国に行く前提で考えちゃうな」

カイエはうんうんと頷《うなず》く。

「私もそうよ。ところで、あっちには新血種族って全然いないんだよね?」

「不安?」

カイエは小首をかしげる。

「うーん、どういうふうに見られるのかなって……。吸血種族は『呪われし種』なんて言われるんでしょ？　イリナさんの活躍で、見る目は変わったと思うけど……」

僕がついているから大丈夫、と言えばいいのに、気恥ずかしくて言えない。

カイエは物憂げな顔をする。

「まさか、共和国内で『アーナック・ワン』はさせられないよね……？」

「さすがにないでしょ。ひんしゅくを買いそうだし――」

と言って、バートはアッと気づく。

「だから、首相に宣伝の件を言われたとき、気乗りしない感じだったの？」

「あ……バレちゃってた？」

カイエは苦笑まじりに言葉をつづける。

「広報活動自体には、最近、賛成だけどね」

「え、そうだった？」

バートの考えと、若干異なっている。

カイエはコーラの缶についた水滴を指でスッと拭《ぬぐ》い、ふぅ、と息を吐く。

「私が月面着陸計画の中心にいると世間が知れば、新血種族の地位向上になるのは間違いないでしょ？　あと、これは地位の向上とも関係あるんだけど……共和国の望みどおりに計画が進めば、最終ミッションにはイリナさんが乗るよね？　でも、きっとそれは、イリナさんの夢を利用した、共和国の『我が国は種族や性別など関係ない』という宣伝だと思う」

「うん、まあ……あの国が善意のみで、吸血鬼の彼女を月に行かせるとは思えないもんね」

レフとイリナが宇宙船に乗ることを単純によろこんだバートだったが、裏には複雑な事情があると思うと、少し胸が詰まった。

カイエは切なげな目をする。

「だから私は……そういう利用をされないような、私たちが人間と同じ位置にいて当たり前の世の中になればいいなって思う」

意識や立場の違いを思い知らされる。宇宙飛行士たちがメディア戦略でトップスターになったのと同様人気は極端に偏っている。実際、『アーナック・ワン』では、バートとカイエの二人に、聡明《そうめい》で美しいカイエは新血種族の憧《あこが》れとなっている。一方のバートは、『連合王国史上初の宇宙飛行士の弟』という宣伝文句は効果が消え、添え物になった。

「――なんて、難しいよね」

憂いを込めた声で、カイエがボソッとつぶやく。

「私が生きてるあいだには、無理だろうな……」

カイエは、バート以外の誰かがいるときは決して弱音を吐かないが、ふたりでいるとき、稀《まれ》に本音をこぼす。皆の期待を裏切ってはいけないと、プレッシャーを感じているようだ。じつのところ、新血種族が社会に進出するほど、人間は不安を覚えて、より強く排除に動くという、解決不可能な問題があり、カイエは暴動や事件が起きるたびに、心を痛めている。

いろいろと抱えて大変な立場の彼女を、少しでもケアしてあげられればとバートはいつも思っている。それが自分の役目だと。

「ねえ、カイエ」

バートは夜空に輝く銀色の月を指す。

「月を回って戻ってくるなんて、それこそ生きてるあいだには難しいかなって、みんな思ってたはずだ。でも、共和国はもうすぐ挑戦する」

「うん、そうだね」

カイエは少し表情を明るくする。

「私もいつか、この目で、月を間近で見てみたいな……」

バートはカイエに微笑《ほほえ》みかける。

「競争が終わって、宇宙がもっと身近になれば、僕たち技術者も行けるよ。共和国の挑戦は、その第一歩。政府の偉い人たちは失敗での引き分けを願ってるかもしれないけど、僕は成功を祈る」

「もちろん、私も同じ気持ちだよ」

バートとカイエは月を見つめて、胸の前で両手を組む。月周回飛行の成功と、共同事業の成立を願って。異国で同じ月を見ている人びとに、この想いが届くように。

藍の瞳　Очи индиго

一九六七年、七月。城塞区画《ネグリン》での会議を終えたレフとイリナは、サングラード近郊にあるローザの実家へ向かう。

ローザから、無事に出産を終え、女の子を産んだという連絡をもらったのだ。

同僚の飛行士たちは大騒ぎで、すぐさま祝いに駆け出す勢いだったが、大勢で押しかけると迷惑なので、まずはふたりだけで訪問する。

野花が短い夏を謳歌《おうか》し、紅紫色の柳蘭《やなぎらん》があちこちで咲き乱れる。緑に囲まれた静かな場所に立つ、古めかしい石造りの平屋。その玄関扉をレフが叩《たた》くと、ローザが顔を出す。少しふっくらして、顔立ちが優しげになった気がする。

「娘は、いまちょうどお昼寝してるの。とりあえず、入って」

小綺麗《こぎれい》な居間に置かれた革張りのソファに、レフとイリナは並んで腰かける。飾り棚には宇宙飛行士の勲章など、数々の殊勲が並べられている。

対面に座るローザに、イリナはモジモジと、お祝いの包みを渡す。

「お、おめでとう。これ、絵柄は……私の好みで選んじゃったんだけど……」

照れて髪の毛を触るイリナの前で、ローザは包みをいそいそと開封する。

「あっ、可愛《かわい》い！　ありがとう！」

共和国の出産祝いの定番、入れ子構造の木彫り人形《マトリョーシカ》だ。薔薇の花柄が描かれた人形をパカッと開けると、中から小さな人形がつぎつぎ出てくる。

ローザがテーブルに人形を並べるのを、イリナは目を細めて眺める。

レフからの贈り物は、産後の身体《からだ》に効くという薬用茶。同期の妻に勧められるがまま買った品だ。さっそく飲んでみようと湯を沸かそうとしたとき、家の奥から大きな泣き声が聞こえてきた。

「起きたみたい！」

慌てて向かうローザに、レフとイリナはついていく。

揺り籠《かご》で泣きわめく赤ん坊をローザは抱きかかえ、「ダーシャ」と名を呼んであやす。

五分ほどで泣き止むと、ダーシャは可愛らしく笑った。名前は『幸せ』という意味で、生前のミハイルと、雑談の中で子どもの名前を考えていたことがあったと、ローザは懐かしそうに言う。

母親になったローザを見ていると、レフは不思議な気持ちになる。そして、このふたりが国家や嫌な人びとに邪魔されず、その名のとおり、平和に幸せに生きていけるように願う。

イリナはひとりだけ少し離れた場所から、ダーシャをまじまじと見ている。

ローザは首をかしげる。

「もう少し近くに来たら?」

イリナは困ったような顔をする。

「怖がらないかなと思って、目の色とか牙《きば》とか……」

ローザはアハハと笑う。

「大丈夫よ。抱っこしてみる?」

「えっ!? で、でも、私は……」

イリナは狼狽《うろた》えた様子で、レフにどうしようと視線を投げてくる。

「せっかくだし、抱っこしてみたら?」

レフがそう返すと、イリナは心を決めたらしい。

「じゃ、じゃあ、失礼します。泣かないでね……」

妙に畏《かしこ》まっているイリナは、繊細《せんさい》な雪の結晶を受け止めるように、ダーシャを預かる。

ぎこちない格好で抱きかかえ、表情も硬かったが、ダーシャの無垢な笑顔につられて、すぐに表情が緩《ゆる》んでいく。

「あったかい……かわいい……」

イリナはこれまで見せたことのないような、優しい微笑《ほほえ》みを浮かべる。

そんなイリナを見て、いつかは彼女も母親になるのだろうかと、レフはふと考える。

刹那《せつな》、胸がドキッとなる。隣にいるのは、自分なのか——と。

レフの視線に気づいたイリナが、ジーッと見てくる。

「レフも抱っこしたいの？」

「ん、いや……」適当に誤魔化《ごまか》そうとしたが、ローザも促すので、「じゃあ……」と答える。

レフはダーシャを預かろうと、イリナに両手を差し出す。

すると疑いの視線を向けられる。

「絶対落とさないでよ！」

「落とさないって！」

とはいえ、レフも慣れていないので、イリナに負けず劣らず、不格好だ。

「意外と重いな。えっと、こ、こんな感じかな……？」

揺り籠《かご》っぽくゆらゆらさせてみると、みるみるうちにダーシャの顔は歪《ゆが》み、ギャーと大声で泣きわめく。

「わっ、わ、ごめん！」

焦って、あたふたとローザに助けを求めると、「まったく……」と苦笑された。

ダーシャはオムツの交換時だったようで、ローザがてきぱきと綺麗《きれい》にすると、また眠りはじめた。そして居間に戻ると、ローザは『サユース計画』について訊《き》きたいという。

ないけど……」

「『ライカ44』を出て以降、まったく情報をもらってないのよ。もう部外者だから、しょうが

彼女が部外者ということはないだろう。

レフは口外厳禁である旨を伝えて、つい先ほど、リュドミラたちとの会議で話した内容を伝える。

連合王国に提案書を送ってしばらくすると、首相の名で返事が届いた。

『国際平和のためにも、前向きに検討している。ANSAから計画・技術責任者をそちらに派遣するので、詳細を詰め、協定書の作成に取りかかりたい。ただし、第一ミッション達成を合意の条件とする』と。

想定どおりの返答だった。これを受けて、国立科学院はANSAとの話し合いの準備をはじめている。

そして開発現場は、第一ミッション『史上初の有人月周回飛行』を達成するための開発を進める。コローヴィンが不在なので、現場の者たちは手探りだが、「二度と事故は起こさない！」と気合いが入っている。そして、このミッションの搭乗者に選ばれた飛行士たちは、「ミハイルの仇を取る」と命を投げ出す覚悟だ。

不安そうなローザ。

「打ち上げはいつなの？　ぶっつけ本番ではないわよね？」

レフは不安を取り除こうと、にこやかに言う。

「もちろん、無人機で安全性が確認されてからだよ。年末に実施するために、現場の再編をしてる」

見通しの立たない月着陸船を打ち切り、関連する不要な計画を排除し、有人宇宙船ロージナの開発に資源を全投入する。政府主導だからこそできる荒業で、私企業と連携する連合王国であれば不可能だ。この大改革はゲルギエフの口から指示されたが、リュドミラとその背後に潜む一派の意思だとレフは感じている。

話を聞いているローザの瞳《ひとみ》は、切なげに揺れる。

「無謀な冒険はしないでほしいけど、止められるものではないしね。私は無事を祈るだけよ」

ミハイルの一件を思い出したのだろう。レフもイリナも、無言で頷《うなず》く。

ローザは苦い薬用茶をひとくち飲むと、しんみりと話す。

「最近、ふと思うの。ダーシャが大人になったとき、世界はどうなっているんだろうって。もしかしたら、月面に降りられるか降りられないかで――共同事業をやるかやらないかで、未来は大きく変わるのかも……って」

テーブルに並べられた木彫り人形《マトリョーシカ》にローザはそっと触れる。

「ダーシャに子が産まれて、その子ども、またその子……宇宙旅行が実現するのは、いつかしら」

かつて、サンダンシア女王が二一世紀博覧会で語った言葉を、レフは思い出す。自分が生きているうちに惑星間飛行をするのは難しくても、誰もが気軽に行ける宇宙ステーションは実現するといい、と。

その話をしようと思い、レフはイリナに目を向ける。

ところが、イリナはすごく寂しげな瞳《ひとみ》を木彫り人形《マトリョーシカ》に向けていて、レフは声をかけられなかった。

☽☽☽

太陽が地平線の向こうに落ちてゆき、遠方に霞《かす》む青々とした山脈は徐々に暗い影となる。

サングラードからの帰途、『ライカ44』へ向かう飛行機内で、イリナは窓の外をずっと眺めている。

途中からイリナがどことなく元気をなくしていたのは、ローザも気づいていたようだ。別れ際、ローザは言葉にはしなかったが、その視線はレフに「イリナを気にしてあげて」と訴えていた。そのとき、以前彼女に指摘された己の弱さが、レフの胸中に蘇《よみがえ》った。

イリナに対して何をどう言ったらいいのか迷いながら、レフは話しかける。

「故郷の村は、あの山の方だよね」

きょとんとするイリナ。

「そうだけど。どうかした？」

聞きにくいが、思い切って訊《たず》ねる。

「人間と結婚したひとは、誰かいるの？」

イリナが怪訝《けげん》そうに眉《まゆ》をひそめる。

「……どうして？」

予想以上に重たい反応が返ってきた。訊《き》き方を間違えただろうかと、少し焦ってしまう。

「いや、君がダーシャを抱っこしてるのを見て……連合王国には新血種族がいるけど、このへんじゃまったく見かけないなぁって……」

「知ってるでしょ？　吸血鬼にとって、人間は憎悪すべき相手だって」

うんざりした顔で言ったイリナは、一度口を閉ざし、静かにため息を吐《つ》くと、再び口を開く。

「だから人間とは結婚しない。皆も、私も、絶対に」

いつもの売り言葉に買い言葉ではなく、はっきりとした拒絶の意思が瞳に宿っていて、レフは言葉を継げなくなる。

イリナは呆《あき》れたような微笑を浮かべる。

「そんなどうでもいいことより、訓練の内容でも考えたら？　月へ向かう宇宙船の船長になる身でしょ？」

そう言った彼女の口もとに浮かんだ翳《かげ》を、レフは感じ取る。

しかし。

「ん、ああ……そうだな。考えるよ」

これ以上深く訊《き》くと、築いてきた関係が一気に壊れそうな気がして、レフはイリナから目を逸《そ》らす。

今さっきの彼女の反応は、昔レフが宇宙飛行士を目指していたときと同じ、恋だの愛だのにうつつを抜かすなという忠告だろうか。

言葉どおり、人間と一線を越える気はないという、強い意思表示だろうか。

それとも——

いくら考えても、彼女の真意はわからなかった。

間奏一

一九六七年一〇月。

連合王国では、有人宇宙船の開発は停止したまま、月着陸船やコンピューター関連の開発はつづく。

水面下では、共和国の科学院から「第一ミッションは予定どおり年末に実施する」と進捗《しんちょく》を伝えられ、共同事業の成立を想定して動いているが、それを知る者は一部の者にとどまる。

ANSAからの発表や情報開示がしばらくないために、世間では「有人宇宙飛行は中止か?」という推測が増す。

アーナックニューズが『政府は有人飛行を諦《あきら》めて、大物映画監督S氏に捏造《ねつぞう》映像の制作を依頼したようだ』とデマを流せば信じられてしまう混迷した状況にある。

しかし、政府もANSAも、今はただ共和国の第一ミッションを辛抱強く待つのみ。

一方、共和国。

無人探査機『ディアナ』の活躍で、『月の重力地図』作成のためのデータ入手に成功。つぎは『サユース計画』の第一ミッション、『史上初の有人月周回飛行』である。

だが、それを阻止したい勢力がいる。グラウディン博士は、『C-I』ロケットを不眠不休で仕上げ、「理論上は完成した！」と豪語。軍部を説得し、打ち上げ試験を画策する。

グラウディン博士は野心を燃やす。

『C-I』の打ち上げが成功すれば、共和国は単独で月面着陸を狙《ねら》える。そして「完成は不可能」と馬鹿にしたコローヴィンへの私怨《しえん》を晴らし、『東の妖術師』に代わって、共和国連邦最高の天才科学者を名乗れる。

リュドミラたち指導部はグラウディンの動きを察知するも、「どうせ失敗に終わる。自滅してくれた方がいい」と放置。

結果。

大方の予想どおり、『C-I』は打ち上げから一分後、空中で分解。幸いにして、発射台の損傷は免れた。

こうして、グラウディンの野望は粉々に砕け散った。同時に、共和国単独での月面着陸は完全になくなった。

そして一二月、共和国は『史上初の有人月周回飛行』に挑む。

第二章　有人月周回飛行

深緑の瞳　Очи Темно-зеленые

一九六七年一二月二二日。

雪砂漠に囲まれたアルビナール宇宙基地は、マイナス一〇度の極寒ながら、快晴。真紅の太陽が、発射台に聳《そび》え立つロケットを美しく輝かせている。

本日いよいよ、共和国は有人月周回飛行に挑む。

準備は万端。一一月には、無人機での試験飛行を成功させた。やや不安視されたコンピューター『黒竜電計』だが、立派に機能して月周回に成功し、見事、地球に帰還した。

ただし、帰還時にトラブルが起きており、完全無欠ではなかった。

予定された時刻どおりに大気圏再突入を行うところまでは成功だった。ところが、誘導制御システムが正しく作動せず、想定外の姿勢での再突入となり、共和国領内から遠く離れた海域へ向かってしまった。これまでならば、領外に落ちる無人機は自爆させていたが、連合王国との密約により機体の回収に成功し、トラブルの原因は解明できた。また、領外に着水したのは無人だったからで、人間が乗っていたら手動で制御できるので成功したと指導部は考える。

ただ、油断してはならない。今回も連続で月周回に成功するとは限らない。

月周回軌道に入ることは、地球周回軌道とは難易度が全然違う。

月へと向かった宇宙船は、月の引力を利用して上手《うま》く方向を変え、バランスを取り、速度を調整しなければならない。そのために、高度や速度、燃料を噴射する時間などを計算し、『黒竜電計』がエンジン系統に指令を出す。無人機の試験で計算は正確だったと証明されたが、予期せぬトラブルが起きれば、宇宙を漂う棺《ひつぎ》になりかねない。

しかし、共和国陣営は成功を信じて疑わず、世界へ向けて「史上初の有人月周回飛行を実施する」と発信している。

打ち上げが予定どおり進めば、一二月二五日には月周回を達成し、地球への帰路につく。その日は、世界各地で宗教祭が盛大に行われる日。そこに、わざわざぶつけた。全世界への政治宣伝と、連合王国への圧力を兼ねた策謀だ。

ここまで大々的に公表すれば隠蔽《いんぺい》は不可能だが、もとより連合王国に『第一ミッションの実施』を通知せねばならなかったので、隠蔽も何もない。

もし失敗すれば、共和国の評判は完全に失墜するが、ゲルギエフはこの機会に政治生命を賭《か》ける。その裏では、リュドミラが「名を上げる好機」とそそのかしている。ゲルギエフが潰《つぶ》れようと、リュドミラとその一派にとっては、どうでもいいことだ。

第一ミッションの船長は、『夢の六人《ミエチタ・シエスチ》』のひとり、ステパン中佐。

今回の大目標は月周回飛行の達成だが、付随して、月の科学探査も重要な任務となる。着陸地点の候補を絞るために、船体に備え付けのイメージセンサーで、月面を可能な限り撮影する。さらにステパンは船内に小型カメラを持ち込み、手持ちでの撮影を行う。小型カメラはANSAが使用している異国品で、フィルムは連合王国製。このことは、共同事業に合意後、後に、連合王国が宣伝に利用してよいという取り決めがある。

また、今回はじめて、ANSAの特使がアルビナール宇宙基地への入場を許された。しかし、空港から両脇を〔運送屋〕に固められ、基地の場所を隠すために到着までは目隠しをされて、自由はない。

発射場には、多くの関係者が見送りに押し寄せる。

ゲルギエフも珍しく現地まで来ており、士気を高める。今回わざわざ来たのは『サユース計画』の宣伝撮影のためで、ロケットや飛行士と写真を撮る。

硬い顔つきのステパンは、船内にミハイルの写真を持ち込む。

レフは気負いすぎているステパンの緊張を和らげようと肩を揉《も》み、健闘を祈る。

「いい写真、撮ってきてよ！　楽しみに待ってる！」

イリナはひとり離れた場所でロケットを見上げ、ボソッとつぶやく。

「月に行くのね……」

出発を前に、伝統の見送りの儀式がある。ゲルギエフの号令で皆がしゃがみ、すぐに立ち上がると、拍手と歓声が巻き起こる。

その光景を、リュドミラは冷めた目で眺める。

ここで何度も繰り返される感傷。無論、成功すれば、よろこぶべき偉業。だが、あの輪に入る気にはなれない。彼らとは見ているものが違う。月周回飛行は、目標への過程にすぎない。ここで失敗するようならば、人類という生き物は無力。地球という揺り籠《かご》の中で、傲慢《ごうまん》に振る舞い、いつか絶滅するだけだ。

科学の力を証明すべし。

打ち上げの時刻が近づく。

搭乗者たちは小さな宇宙船に身体《からだ》を詰め込む。月まで片道三日間かけて行き、地球に帰還するという、長い旅がはじまる。

☽☽☽

打ち上げは無事に成功し、宇宙船は月へ向かう。

ゲルギエフとリュドミラは一週間後の帰還までは待たずに、サングラードへ戻る。成功を見越して、生放送の準備や、共同事業化への調整をはじめる。

アルビナール宇宙基地を出る前に、リュドミラは国防大臣や軍高官から『サユース計画』への不満や愚痴《ぐち》をぶつけられたが、『C-I』ロケットの大失敗を突きつけると、国防大臣は顔を歪《ゆが》めて悔しがる。

「いつか、後ろから撃たれるぞ」

脅されたが、古い考えに囚《とら》われた負け犬の遠吠えにしか聞こえない。

「正面から撃ってみなさいよ」

リュドミラは挑戦的に微笑《ほほえ》み、国防大臣の眉間《みけん》を指鉄砲で撃つ。

☽☽☽

一二月二五日、打ち上げから三日経過。

サングラードにいるリュドミラのもとに、アルビナール宇宙基地の職員から、「宇宙船は月周回軌道に入った」と連絡が入る。

月に向かう飛行中に、姿勢制御センサーが熱気で故障し、方向センサーも蒸気で不具合が出たが、予備に切り替えてしのいでいる。船長のステパンは常に冷静で、月面を間近で見た感動を淡々と伝えてきた。月までの距離は、最短で一九五〇キロメートル。そして宇宙船は、地球との通信が途絶える月の裏へ回っていった。

管制室はしばらくのあいだ、何もできず、宇宙船が月の裏から出てくることを祈る。

偉業の達成か、失敗か――

やがて、宇宙船との通信が回復。

機械の不具合が原因で、イメージセンサーでの月面撮影は失敗したようだが、宇宙船ロージナは見事に月を周回し、地球への帰路に入った。

《――ただいま、皆さん》

「管制室はお祭り騒ぎです！」と、基地職員は興奮してリュドミラに伝える。リュドミラは、身体《からだ》の奥底でちりちりと炎が燃えるような感情を抱いたが、それを表には出さず、「了解」とあっさり返すと、世界へ発信する生放送の準備に取りかかる。


月の魔力を身体いっぱいに浴びたゲルギエフは、数年ぶりに、笑顔の大輪を咲かせる。

「親愛なる地球市民の皆さん！　先ほど、我らが祖国の勇敢なる飛行士部隊が、『史上初の有人月周回飛行』を達成しました！　これより三日かけて地球に凱旋《がいせん》します！　最大のよろこびをもって迎えましょう！」

偉業が発信されると、世界中に衝撃が走る。

ミハイルの事故で終わったと思われていた共和国の復活劇は、誰も予想していなかった。

宗教祭を祝っていた連合王国の人びとは、このまま祝祭をつづけていいのか、悲しむべきなのか、複雑な感情の渦に飲み込まれる。

ゲルギエフが生放送に出演中、リュドミラはホットラインを使って連合王国の首相へ成功の報告を入れる。首相は「わざわざ宗教祭の日に、贈り物をありがとう。私はハンバーガーのほうがうれしかったけども」と皮肉を返すのが精いっぱいだ。

そして、打ち上げから六日後の一二月二八日。大気圏再突入を果たした宇宙船は、当初の計画とはやや離れた海洋へ着水するも、あらかじめ配備されていた共和国船によって、無事に回収された。

ステパンら搭乗員がサングラード近郊の空港へ帰着すると、たくさんのテレビカメラが囲む中、上機嫌のゲルギエフに迎えられる。

ステパンの顔面には痛々しいアザがある。着水時の衝撃で座席から放り出され、強打して前歯を折った。

だが、それも名誉の負傷だ。

記者会見では、ステパンは涙を流して語る。

「同志ミハイル・ヤシンの崇高な魂が、我々を勝利へ導いてくれたのです！」

嵐のような歓声と稲妻《いなずま》のような拍手が、雪と氷に覆われた大地を揺らした。

☽☽☽

いつもよりも月は大きく、星々は輝いて見える。

自宅の窓から、リュドミラは愉快な気分で夜空を眺める。

世界中のニュースは、有人月周回飛行の話題ばかり。

共和国が快挙に沸き立つ一方で、連合王国は落胆を隠せない。

一九五七年『パールスヌイ・ショック』、一九六一年『レプス&ルミネスク・ショック』以来、三度目の屈辱を、連合王国のマスコミは『ムーン・ショック』と名づけた。

これで、連合王国は共同事業に合意する。

第一ミッションの勝利を祝い、リュドミラは満月の形をしたバタークッキーに、アイスクリームをのせて、葡萄酒で流し込む。甘美な味が身体《からだ》に染み渡る。

月そのものには全然興味がなかったリュドミラだが、月周回を達成したと聞いたときの、不思議な感情を思い出す。

あの感情の正体は、感動だったのかもしれない。

リュドミラにそう思わせたのは、一枚の写真がきっかけだった。

帰還からしばらくして、ステパンが月周回飛行時に小型カメラで撮った写真が、共和国の新聞紙『真実』にカラーで掲載された。

ミッション中の撮影なので、通常は非公開なのだが、その写真を見たゲルギエフが強い感銘を受け、特別に公開を決めた。

荒涼とした月面の上、真っ暗な空間に浮かぶ、青い球体。

人類がはじめて目にする、宇宙の中の地球だ。

日の出《サンライズ》になぞらえ、『地球の出《アースライズ》』と名づけられたその写真は、「月周回に成功」という言葉よりも具体的で、説得力を持つ。宇宙の広大さを思い知らされた人びとは、美しく小さな地球に尊さや郷愁を覚え、こんな場所で生きていたのかと胸を打たれる。

この写真の持つ力は、リュドミラも想定していなかった。見た瞬間、身体《からだ》の芯が震えた。

そして、自嘲《じちょう》した。

この私にも、まだ人並みに感動するような心が残っているのか、と。

うれしくはない。

感情や気持ちは、判断を鈍らせる原因。目的の達成には邪魔だ。

ともかく、月面着陸への扉は開けた。

連合王国の合意により、両国間の争いは終わりに向かう。

するとどうなる?

歩み寄りは世界中の国々を刺激して、革命の気運が高まる。結社の連中はよろこぶだろう。

つけっぱなしにしていたテレビから、ゲルギエフの張りのある声が聞こえる。

「――月飛行によって、人類は月面着陸に大きく近づいたのです！」

リュドミラは冷笑する。

これより、月への上陸作戦を開始する。

ツィルニトラとアーナック、有人月面着陸に関する協定を締結

一九六八年一月二四日

一九六八年一月二三日、ツィルニトラ共和国連邦とアーナック連合王国は、サングラードで行われた首脳会談にて、宇宙開発を共同事業とする『サユース協定』に調印した。「二か国による、史上初の有人月面着陸の達成」という、画期的な公式目標が掲げられた。

同協定は、宇宙科学研究所・ヴォルコフ所長とANSA・キッシング長官によって署名された、宇宙空間の平和利用を目的とした活動であり、一九六七年に発行された宇宙条約に基づいて実行される。また、両氏が各国のチームリーダーとなる。

『サユース協定』は、有人月面着陸を実施する前に、いくつもの技術試験ミッションをクリアしていく。

第一ミッションは、先日、共和国連邦が成し遂げた『有人月周回飛行』。

　最終ミッションの『有人月面着陸』までには、「地球軌道でのランデヴー・ドッキング」、「月周回軌道でのランデヴー・ドッキング&月面撮影」、「月着陸船の最終確認」の三つのミッションが予定されている。

　なお、一度でもミッションを失敗すれば、そこでプロジェクトは終了するという、厳しい条項が盛り込まれている。


　共和国連邦最高指導者、フュードル・ゲルギエフ氏は記者団に対し、こう語った。

「皆さんは、『地球の出』をご覧になったでしょうか？　地球は宇宙にひとつなのです。そこで我々は、人類の夢のために、宇宙の平和利用のために、共同事業を提案しました。力を合わせ、一国の代表でなく、全人類の代表を月に送りましょう、と。人類を宇宙に送り出せるほどの科学技術力を持つ国は、地球上にたった二か国しかありません。そしてこの提案を、連合王国政府は快く受け入れてくれました。今日、冷たい季節は終わりを告げました。やがて、暖かな春が訪れ、暑い夏がやってくるでしょう」

　一九五七年、パールスヌイⅠ号で宇宙開発競争がはじまって一一年。東西の二大国は、競争相手から、協力者へと変わった。

　有人月面着陸の達成は、一九六九年一二月を目標としている。

女王の瞳　Queen eyes

天を真っ白に塗装したような寒雲の下、冬木立の中で王室の犬《ロイヤルドッグ》たちがじゃれ合っている。

宮殿の庭園で散歩をしているサンダンシアは、ククーシュカの鼻先にしゃがみ込み、ひそひそ声で話しかける。

「あなたの生まれた国のみんなといっしょに、月を目指すんですって。それに、あなたの出番まで用意してくれたわ。ぬいぐるみを作るそうよ」

つい先日、ククーシュカを『サユース計画』のマスコットキャラクターにしたいと、ANSAから打診があった。共和国からの贈り物であるククーシュカなら、たしかにぴったりかもしれないとサンダンシアは考えて、その場で快諾した。

それにしても、共同事業が実現するなんて楽しみだ。信じられない気持ちで胸はいっぱいになり、今後を想像すると、つい頰《ほお》が緩《ゆる》んでしまう。

首相の話によると、協定の締結は敗北と同義とのことで、君主としては悔しがるべきところだったのだが、うれしさが勝ってしまい、王室秘書官には苦い顔をされた。

二一世紀博覧会で、慣例を破って共同開発を訴えた。それから何年経っても、想いは変わらなかった。とはいえ、あのあと、周囲の人間からこっぴどく叱《しか》られ、女王失格とまで陰口を叩《たた》かれたので、公の場では、共同事業を推進する発言は控えてきた。女王としての職務を粛々と

こなしつつ、遠くで輝く月を見上げる日々を送ってきた。

　悲しい事故が相次いだときは、暗い気持ちになった。一国の君主なのに何もできない己の無力さを嘆き、もう有人宇宙飛行は終わりかもしれないと思いはじめた。

　そんなとき、共和国の反逆者が書いたという一冊の本が世間を騒がせ、流れが一変した。

　あの本は、レフやイリナたちが暗闇《くらやみ》から助けを求める、魂の叫びだと感じた。手を差し伸べたかったけれど、堪《こら》えた。自分がしゃしゃり出ると両国間で要らぬ揉《も》めごとが起きてしまうので、心の中で声援を送るにとどめた。

　するとその後、共同事業の話が飛び出し、そして、共和国は第一ミッションを成功させて、『地球の出』を撮ってきた。

　あの写真は、連合王国の国民をも感動させた。依然として、共同事業や宇宙開発そのものに対する反対意見はあるけれど、国際平和や宇宙探査に賛成する意見が急増した。尊い地球の姿を見て、環境問題を訴える人たちも現れた。

　人づてに聞いた話だが、共和国を敵視していたＡＮＳＡのフライトディレクターの心にも響いたらしく、壁に貼っていた『打倒共和国』の貼り紙を剝《は》がしたそうだ。

　争いの終わりと、明るい未来への兆《きざ》しが、サンダンシアの心を弾ませる。

　しかし、二か国での共同事業はこれからが本番。月へたどり着くまでに、多くの困難が襲いかかるはずだ。

もう二度と悲しい事故が起きないように。

サンダンシアは切に願う。

だが、宙《そら》にばかり目を向けていると、地上で思わぬ問題が起きるのではないかと、得体の知れない恐怖に襲われる。

世界が大きく動けば、どこかに必ず歪《ゆが》みが生まれ、欲望や憎悪が蓄積する。女王である自分が狙《ねら》われる可能性もあり、王室秘書官には常に警戒心を持つように警告されている。

血が流れなければいいのだけれど。

サンダンシアの不安を感じ取ったのか、ククーシュカがつぶらな瞳《ひとみ》を心配そうに向けてくる。

「ごめんなさい、大丈夫よ」

サンダンシアはニコッと笑って、ククーシュカの頭を優しく撫《な》でる。

そして、二一世紀博覧会で出会った、若き英雄たちの無事安全を願う。

どうか彼らに祝福を。

雲の切れ間に顔を覗《のぞ》かせた太陽は、その願いを受け取ったように、光り輝く。

一九六八年、一月三〇日。

レフたち飛行士部隊は、訓練センターの会議室に呼び出される。

招集理由は、ミッションの説明。

ヴィクトール中将と科学院の担当官から、今後の進行を告げられる。

まず、第二ミッションの『地球軌道上でのランデヴー・ドッキング』。共和国のロージナ司令・機械船と、連合王国の用意する標的体が、宇宙空間で物理的にドッキングできるかどうかの確認となる。

これまで、ランデヴー・ドッキングはことごとく失敗してきた共和国だったが、新開発のドッキング用レーダーを搭載した二機の無人探査機により、はじめて全自動でのドッキング試験に成功した。機械の合体だけで、電気的な結合はできていないが、ロージナで使用する予定のレーダーが機能したことは、大きな収穫だ。

第二ミッションのコンピューターは、予定どおり『黒竜電計』を用いる。これまでの失敗の原因だった完全自動操縦へのこだわりも捨てて、船長を務めるジョレスの判断で、即座に手動に切り替えられるものとする。

また、このミッションには、両国の機械が宇宙で合体するという政治宣伝の目的もあり、現在、宣伝方法を詰めているところだ。
並行して、第三ミッションの準備も開始する。ここで難易度は急激に上がり、ミッション内にも四つの行程がある。

◆第三ミッション（注：提案書の段階と大きな変更はない）

［第一段階］
まず先行して、連合王国から『有人偵察衛星』を転用した『標的機・兼探査機』を、月周回軌道に打ち上げる。この機体は、着陸適地を探すための『高精細な月表面画像を撮影する』という目的を持つ。

［第二段階］
『標的機・兼探査機』が月表面画像を撮影したあと、共和国から、両国の飛行士三名が搭乗した『ロージナ司令・機械船』を打ち上げる。そして、月周回軌道で『標的機・兼探査機』とランデヴー・ドッキングをする。これが大変重要な技術試験となる。

［第三段階］
ドッキング後、両国の飛行士が協力して『標的機・兼探査機』に乗り移り、月表面を撮影したフィルムを回収。
［第四段階］
地球へ帰還。帰還後、両国の飛行士が、月表面の画像を世界に披露する。国際平和を強調して、ミッション完了。

第三ミッションの搭乗員は、予定どおりセミョーンで決定。

「連合王国の船長は決まったんですか？」

セミョーンの問いに、ヴィクトール中将は頷《うなず》く。

「候補はアーロン・ファイフィールド氏と連絡を受けている」

「おおっ！」セミョーン以外の飛行士たちも、小さな歓声をあげる。連合王国ではじめて宇宙空間を飛んだ英雄であり、その後、二度目の宇宙飛行でランデヴー・ドッキングも成功させている。レフも心が躍る。六年前、宇宙飛行士がイリナを含めて六名しかいなかった頃に、連合王国で彼と挨拶《あいさつ》を交わした。愛国心に溢《あふ》れた好漢だった。

　ヴィクトール中将はミッションの説明をつづける。

「その後の第四、最終ミッションも準備を進める。レフの予備搭乗員は、ステパン。イリナの予備搭乗員は、新血種族の女性飛行士が務めるそうだ」

　連合王国の宇宙飛行士部隊には、新血種族の男女各一名が採用されている。税金を納めている新血種族の不平不満を回避する目的だと、レフは聞いたことがある。

　イリナは同じ吸血種族のパートナーをよろこびもしない。

「もし私が乗れなくなっても、搭乗員の一名は吸血種族、かつ、女性にしたいって取り決めでしょ」

　利用されることなど、イリナはとうに承知している。ただ、「どういうひとなんだろう」とつぶやくなど、興味はあるようだ。

　つづいて、ヴィクトール中将は「第四ミッションの搭乗員は選抜中」と言うと、レフたち選抜メンバーひとりひとりの目を見て話す。

「協定が締結したので、ＡＮＳＡで訓練をする許可が下りた。基本は向こうに長期滞在し、必要に応じて帰国してもらう。訓練の内容は、各々の役割に合わせて、個別に課題を与えられるだろう」

　ついに、はじまる。

　想像するだけで、レフの胸は高鳴る。しかし、簡単ではない。文化や風習も、組織体制も違う。技術の獲得は当然として、同乗する人間との連携も大切になる。その人物が誰か問うと、ヴィクトール中将は答える。

「宇宙飛行士育成室の室長、ネイサン・ルイス氏だ」

『ヘルメス・セブン』のひとりで、現在四五歳の最年長。技能は随一で、じつは『連合王国史上初の宇宙飛行士』の候補だったが、病気で健康診査に引っかかり断念。管理職に回りながらも諦《あきら》めず、筋力トレーニングと治療をつづけながら、航空宇宙工学の修士号を取った。その後、病を克服して復帰した、執念の男だ。

イリナはやや不服そうに腕組みする。

「連合王国では、アーロンさんの方が人気者の英雄でしょ？　なんで彼は月面着陸に選ばれないの？」

アーロンの方がよかったという気持ちが透けて見える。レフは誰でも構わないが、それでも最年長相手に船長を務めるのは、やや気が引ける。

ヴィクトール中将は難しい顔で答える。

「あちらでは、室長が搭乗員を選べる。つまり、彼自身が月へ行きたかったんだろう」

「え？　そんな理由で選んじゃっていいの？」

「いや、仲間や上層部から厚い信頼を得ているからこそ、承認されたんだろう。それから、これは私の考えだが、実績のあるアーロン氏には、困難な第三ミッションで船長として活躍してもらい、ネイサン氏は、『病気を乗り越えた中年の飛行士が月へ――』と情に訴えて世界中から人気を取ろうって魂胆じゃないか」

イリナはうんざりという顔で、髪を払う。

「いやらしいわね」

「喧嘩《けんか》をふっかけるんじゃないぞ」

「なにそれ」

「君は気に入らない人間に、すぐに噛《か》みつくからな」

イリナはイーッと牙《きば》を見せる。

ヴィクトール中将はしかめっ面でひと睨《にら》みすると、話をつづける。

「有人宇宙船は我々のものであり、アルビナール宇宙基地から打ち上げる。つまり、あちらの人びとがこちらに来る機会もある。だが、機密保持のため、最小限の日程になる予定だ。ＡＮＳＡでの訓練中に『秘密主義』と文句を言われても、我慢してくれ」

宇宙開発を取り仕切る軍部は、共同事業に最後まで反対をつづけたが、政府の指導部が「祖国の栄光のためだ！」となんとか説得した。しかしそれでも、協力的ではない。

「『月と猟犬Ⅱ』でも書こうかしら」と、悪巧みの笑みを浮かべるイリナ。

ヴィクトール中将は胃を痛そうにさする。

「おいレフ、国際問題が起きないように、しっかり監視しておけよ」

「はい、わかってます……」

レフは苦笑を返す。

肩書きが船長になろうと、いつまでも彼女の監視役だ。


会議室での説明が終わると、つぎの指示があるまで自主訓練となる。

夕暮れの陸上競技場で、レフとイリナは基礎体力作りのランニングをする。四〇〇メートルトラックを並走しながら、連合王国へ思いを馳せる。

イリナは息を乱さずに淡々と駆けながら、汗を拭《ぬぐ》う。

「連合王国の南部は、太陽がギラギラで暑いんでしょ？　それだけは不安。平気なレフはいいわね」

「いやいや、俺だっていろいろ不安はあるよ」

これまで、国外を長期周遊することは何度もあった。一〇日間ほどかけて連合王国の横断旅行もした。しかし、異国に滞在しての訓練は経験がない。コンピューターとの連携や、月着陸船の操縦は感触さえもわからない。加えて、最終ミッションで二席も奪ったわけなので、風当たりも強いはずだ。

それでも、希望が胸を熱くして、レフはやってやろうと声を弾ませる。

「バートさんとカイエさんとの約束を叶えられることは、うれしいな」

「そうね。言いっ放しで、何もできてなかったし」

イリナも目を輝かせる。カイエの出世と活躍は海を越えて届いており、イリナは彼女に刺激を受けていた。

ただ、共同事業における連合王国の技術団の扱いについて、レフは心配がある。先ほどの会議で科学院の担当官から「宇宙船改良のために、限定的に受け入れる準備をしている」と説明があったのだが、第一ミッションの打ち上げを見に来た特使は、目隠しをされるなど、不自由な思いをしていた。それと同じように、ひどくやりにくい環境になるだろう。

できることならバートたちの傍《そば》についていていたいが、レフたちは基本的に連合王国に渡っているし、帰国したときでも、飛行士の訓練所と技術者の詰める設計局は場所が異なる。

「嫌な思いをしなければいいけど……」

イリナは即答する。

「無理でしょ。絶対に〈運送屋〉がくっつくわよ」

「ハァ……そうだよなぁ」

バートとカイエの、カンファレンスの舞台で大物を説得していた勇姿を思い出す。

そういえば、彼らは表向きは広報のペアだけれど、仕事と私生活は割り切っているのだろうか？　とても親密そうだったが。

ふと、そんなことを考えてしまうのも、イリナとの関係が曖昧《あいまい》なままで、常に頭の片隅を支配していからだ。

『サユース計画』が前進する一方で、イリナとは完全に停滞している。

——吸血鬼にとって、人間は憎悪すべき相手。

——人間とは結婚しない。皆も、私も、絶対に。

ローザの実家からの帰途、彼女に言われた言葉が、暗い靄《もや》をかけている。イリナの故郷の住人は人間を恨んでいても、彼女だけは心を開いてくれたはずだった。

いや、開いてくれている。

しかし、見えない壁を作られている。彼女が『N44』と呼ばれていたときとは、また別の壁を。

「遅いわね。先に行くから」

イリナは速度を上げて、黙考して走るレフを引き離す。

レフは追いかけず、背中を見送る。

彼女の緋色《ひいろ》の瞳《ひとみ》に、自分はどう映っているのだろうか。

未知の月世界は調査をすればわかるけれど、彼女の気持ちはわからない。近づけば近づくほど、遠ざかっていく。

これから連合王国での訓練がはじまれば、ますます私的な話をしている余裕はなくなるだろう。

いや、悩んでいる場合ではない。気持ちを切り替えなければ。

連合王国の飛行士たちの前で、腑《ふ》抜けた姿は見せられない。

共和国の飛行士団を率いる者として、そして地球を代表して月へ向かう宇宙船の船長として、相応の振る舞いをしなければならない。

レフは、胸中に感じる砂礫《されき》のようなざらざらとしたものを、身体《からだ》の奥へ押し込める。そして、黒髪をなびかせて先を駆けるイリナを見据え、全力で大地を蹴《け》る。

第三章　異国

青の瞳　Ｂｌｕｅ　ｅｙｅｓ

二か国間での協定が結ばれると、ＡＮＳＡや企業の動きが慌ただしくなる。

第二ミッション以降のランデヴー・ドッキングを成功させるためには、相手国のハードウェアやシステム面を完全に理解しなければならない。

技術職の幹部や製造担当者たちは、共和国の製品と互換性のある機器の開発に向けて議論を重ね、各地の工場や施設を飛び回る。

そして、各々の担当箇所について共和国で現地確認をするために、遥《はる》か彼方《かなた》へ渡航する者たちも現れる。


一九六八年二月一〇日、おもに技術者で編成された代表団総勢一八名が、飛行機を乗り継いで共和国へ向かう。

団長を務めるのは、フライトディレクターのデイモン部門長。同行者は、開発部門や企業の管理職が九名。コンピューター部門からは、研究ラボやＡＣＥ社の社員たちが八名。この中に、ソフトウェア開発代表としてバートとカイエが入る。ふたりはロージナ宇宙船への『ＨＧＣ』

搭載について調査をする。

代表団は、二週間ほど滞在する予定だ。

任務は多岐にわたるが、まずは、共和国の技術者たちとの情報交換をする。

国家間の事業においては、双方の理解が何よりも大事とされる。しかし、今回の相手は交流がまったくなかった元敵国で――とくに共和国は情報非公開なので――深い溝がある。

まずはこの溝を埋めるために、合同会議を開いて互いの技術を知り、設計思想や哲学を摑《つか》む。そして双方の理解が進んだあとに、部門ごとにわかれる。そこで、バートとカイエは共和国の技術者たちに、宇宙船にコンピューターを搭載できるように改良を依頼する予定だ。

その後は連合王国に戻り、バートたちはソフトウェアの開発を進める。そのあいだに共和国がハードウェアの改良を進める。そして、再び合同会議を開き、顔を突き合わせて話を詰める。

完成までは、この流れが繰り返される。機器の完成後は、打ち上げに向けた話し合いや、飛行士の訓練に付き添うことになる。

また、バートたちとは別に、第二ミッションに搭乗予定の宇宙飛行士が、共和国内で訓練をする予定となっている。レフやイリナたち共和国の飛行士は、もうしばらくしてから連合王国に渡ってくるとバートは聞いた。彼らはかなりの長期間、有人宇宙船センターに滞在するという話だ。共和国内には、高性能コンピューターを用いたシミュレーターはないだろうし、月着陸船もないので、当然そうなるだろう。

バートは彼らとの再会を期待していたのだが、すれ違いになり、勤務場所も遠く離れているため、なかなか会えそうにない。

しかし、ミッションをクリアしていけば、いずれ必ず会える。宇宙船が月面着陸に挑むには、連合王国のコンピューターが必須なのだから。

☽☽☽

サングラード近くの空港は、あたり一面、真綿のような雪に覆われている。

旅客機のタラップを降りるバートは、凍てつく風に頬《ほお》を撫《な》でられ、ぶるりと震える。

同じ地球だというのに別世界だ。

異国へ来たのだと肌で感じて、身も心も引き締まる。

しかし。

「ふあぁ……」

隣のカイエは大きな欠伸《あくび》をして、手で口を押さえる。

「緊張感ないな……」

「だって眠くて……」

実際、バートも眠い。時差は八時間。共和国への直行便はなく、乗り継いで一日以上もかかる。それだけでフラフラに疲れ、バートも欠伸が出そうになる。

「ふぁ」

と、先頭を行くデイモン部門長が振り返り、睨《にら》んでくる。

「っ！」

欠伸を飲み込み、条件反射的に背筋をビシッと伸ばす。技術者を代表して来ているのだから、しゃんとしなければ。それに、油断すると身を滅ぼすかもしれない。

ここは恐ろしい国なのだ。

出国前の講習会で、外務、国防、諜報《ちょうほう》の各機関から、身の縮む警告を与えられた。共和国では不審な行動や国家批判は厳禁。最悪の場合、拉致《らち》されて、帰国できない可能性もあると。とくに『月と猟犬』の真偽を訊《き》いてはならないと、注意を受けた。

訊く気はない。諜報機関によれば、半分以上は真実と思っておけばいいらしく、あの本は代表団にとっての共和国裏・ガイドブックとなっている。

緊張は入国審査場でもつづく。

身体《からだ》の隅々までチェックされるのは当たり前で、バートはメガネを奪われ、念入りに調べられる。盗撮・盗聴機能を疑われ、「そんなものはついてません」と必死に訴え、一〇分以上経って解放された。

やっとの思いで審査を通過すると、〔運送屋〕と呼ばれる不気味な秘密警察に張り付かれて、ロビーへ向かう。眠気は完全に吹っ飛んだ。

ロビーへ出ると、たくさんのカメラが待ち受けている。

歓迎セレモニー用の特設台の周りには、市民が集まっている。皆、温かい笑顔で、連合王国の小旗を振って迎えてくれている。

それを見て、ようやくバートはホッとする。

市民の人たちは普通でよかった……と。


歓迎セレモニーでは、デイモン部門長と宇宙科学研究所のヴォルコフ所長が握手を交わし、二か国の協力について、型どおりの挨拶《あいさつ》があり、とてもあっさり終わった。

その後、バートたちは朗らかな役人に案内され、専用バスでサングラード市に連れて行かれる。合同会議の前に、観光と食事で国の紹介をしてくれるようだ。

共和国の都市風景は、連合王国に比べると、人も車も少ない。代わりに、軍人がたくさんいる。高い建物が少なく、ゴミが落ちておらず、整然としている。

カイエは街の景色が興味深いようで、窓に張りついている。

「あれ、なんだろう?」

天に向かって聳《そび》え立つ巨大な記念碑がある。

「パールスヌイI号の宇宙飛行を記念した『宇宙征服の碑』です！」と役人は誇らしげに説明

をする。バスは碑を見せつけるように周回して、高級レストランに向かう。

食事は豪華で、待遇はすごく良い。代表団の皆の警戒心は薄れ、話が弾むようになる。終始無言の〔運送屋〕は不気味で、バートは刺すような視線が気になって仕方ないが、よく考えてみれば、連合王国のボディーガードも、無表情で強面《こわもて》だ。

サングラード市を出たバスは、代表団の滞在場所となる宇宙開発都市・コスモスク市へとひた走る。

大通りを離れ、雪の降り積もった田舎道を走っていくと、唐突に真新しい舗装路が現れる。道沿いには綺麗《きれい》な花が飾ってある。

これは歓迎だろう。

バートはカイエにひそひそ話しかける。

「ようこそって感じだよね。講習会の人たち、脅かしすぎ……」

「うん、拉致《らち》とか言うから、身構えちゃったわ……」

カイエもホッとした表情を見せる。

――が、安堵《あんど》も束の間、バスは薄暗い森の中へ入っていき、やがて、鉄条網が見えてきて、銃を提げた兵士が立つゲートで、厳重な入場確認がはじまった。

バートとカイエは表情をなくす。

連合王国にもこういった場所はあるが、国家機密の軍事実験施設のようなところの話で、A

ＮＳＡではありえない。

「……あ」

バートは声を漏らす。そういえば、共和国の宇宙開発は軍主導で、機械類はすべて軍が管理しているのだった。

軍の下で二週間暮らすのか……。

職務で招待されたのだから、取って食われやしないだろうが、『監禁』という言葉が脳裏をよぎった。


厳重に警備された内部は、一般的な工業都市と同じ雰囲気で、特別に変わったところはない。人びとはサングラードと同じように、ふつうに街中を歩いている。

代表団が警戒しているのを察したのか、案内の役人は気を遣ったふうに、観光ガイドのような陽気さで話す。

「このコスモスク市は、宇宙開発の中心です。ここの設計局で、歴代の宇宙船が作られてきました。飛行士の訓練施設は遠く離れた北部にあり、開発が進めば、そちらでも作業があるかと思います」

例の本に書かれていた『ライカ44』だろうとバートは推測するが、怖いので訊《たず》ねない。

街には居住区と工場区があると案内をつづけていた役人は、唐突に声を低くする。

「皆さまにひとつお願いがあります。ここには、さまざまな施設がありますが、業務で関係する場所以外には絶対、絶対、絶対に――近づかないでください」

執拗《しつよう》な念押しに、恐怖を植え付けられる。バートはカイエと視線を合わせて、気をつけようと大きく頷《うなず》く。

居住区の端にある、飾り気のない真新しいホテルに到着すると、バートたちはバスを降ろされる。

連合王国の関係者が泊まるために、わざわざ三階建てのホテルを新設したそうだ。周辺には、大勢の技術者が滞在するためのアパートの建設がはじまっている。初訪問の今回は少人数だが、開発が本格化すれば、技術者が数百人単位で往復することが予想されており、それに合わせたのだろう。

しかし、驚くほど手際がよい。共同事業に対して本気なのだと感じる。一方で、新設には別・・・の理由もあるだろうと、バートは訝《いぶか》しむ。

ホテルには全員に個室が用意されており、バートとカイエは三階の隣部屋だ。各階にひとりずつ、メイドの女性が待機している。

見た目は新築で美しかったが、部屋に入ってみると、突貫工事の独身寮かと思うような、粗末な作りだった。狭い空間に小さなベッドとソファとテーブルをごちゃっと突っ込み、壁紙は波打ち、ドアは微妙に歪《ゆが》んでいて閉めにくい。

だが、文句は口に出さない。

部屋のどこかに、盗聴器が仕掛けられているはず。おそらくそれが、ホテルを新設した理由のひとつだ。出国前の講習で「独り言に気をつけろ」と忠告されている。

窓から外を覗《のぞ》く。

真っ白な雪の中に、黒い車が一台、停車している。その車内から〈運送屋〉らしき人物が双眼鏡でホテルを監視しているのが見えて、ゾッと身震いする。

恐ろしい場所へ来てしまった。

しかし、これが共和国の日常なのだから、いちいち驚いていては駄目だ。

早く慣れよう。

「——きゃあ!?」

「!?」

隣部屋からカイエの悲鳴が聞こえ、バートは心臓が口から飛び出しかけた。

「カイエ、どうした!?」

バートは部屋を飛び出し、ノックもせずにカイエの部屋に入る。

「ッ!」

髪やシャツがびしょ濡《ぬ》れになったカイエがあたふたしている。

「バート！」

「ええと、それは……」

「水道の蛇口をひねったら、シャワーから水が噴き出して、止まらないの！」

バートが洗面室を見ようとすると、「失礼します」と工具を持ったメイドが入ってきて、慣れた手つきで迅速に水を止める。

ポカンとしているバートとカイエに、メイドは深く頭を下げる。

「申し訳ございません。歓迎会のあいだに、修理しておきます」

メイドは自動操縦機のように決められた行動を取ると、部屋を出て行った。

呆然《ぼうぜん》としているカイエは、びしょびしょのシャツに桃色の下着が透けていて、バートは目のやり場に困る。

「じゃ、歓迎会で……」

バートはそそくさと自分の部屋に戻る。しかしこのホテル、外観こそ小綺麗《こぎれい》だが、予算がなくて、建てるだけでギリギリだったのだろう。

☽☽☽

外面を良く見せるのは、まるで共和国そのものだなと、バートは心の中でつぶやいた。

夜になると、ホテルの一階にある広間で、顔合わせを兼ねた歓迎会が開かれる。

食事は立食形式で、『サユース計画』の科学技術分野の中枢が、両国合わせて六〇名ほど集まる。共和国からはヴォルコフ所長、ロージナ宇宙船の開発主任、『黒竜電計』の開発者や、関連する技術者、科学者たちが多数出席している。

会場の職員が、バートたちに蒸留酒の注がれたショットグラスを配る。

「これが我々の『人生』です」

たいそうな名前が付けられているのは、大昔から、酒は寒さをしのぐための必需品だったかららしい。

杖をついたヴォルコフ所長は乾杯の前に、神妙な面持ちで語る。

「ここだけの話ですが、我々は『未来技術開発団』という秘密組織の構成員です。報道物には団体名を隠して、『設計技師長《チーフデザイナー》』として載っています。そちらでは『東の妖術師』として呼ばれているようですね」

ひとりではなく、複数だった？

非常に疑わしい。おそらく、この中の誰かが設計技師長だというのを隠すための嘘《うそ》だとバートは推測する。

しかし、バートを含めた代表団は、この件を誰も追及しない。誰もが『東の妖術師』の正体を突き止め、話してみたい気持ちはあるが、余計なことを詮索《せんさく》するのは危険なのだ。

ヴォルコフ所長は表情を和らげ、杯を掲げる。

「では、月面着陸の成功を祈願して、乾杯！」

「乾杯！」

共和国の人たちは一気に杯を開ける。

バートは真似《まね》てみるべきかと一瞬思ったが、グラスを顔に近づけただけで強烈なアルコール臭が鼻を刺激するので、少しだけ口に含む。

「いッ……」

口の中が焼ける。

このキツイ代物を、カイエは平気な顔で飲んでいる。

バートは素直に感心する。

「君は本当に強いな……」

「月影区《げつえいく》の密造酒《ムーンシャイン》が、ちょうどこのくらいなの」

エヘヘと照れ臭そうに笑うカイエ。

飲んでいるだけではつらいので、料理を取りに行こうとすると、共和国の人びとから絡みつくような視線を感じる。

カイエの飲みっぷりに惹《ひ》かれたわけではないだろう。連合王国のコンピューター部門の最重要人物で、自分たちにはない技術と知識を持つ、紅一点の新血種族をじろじろと観察している。

　こういう会合で、初対面の人びとからカイエが興味深そうに見られ、挨拶《あいさつ》の列ができることは、これまでにもよくあった。

　だが、共和国の人びととは、誰も話しかけてこない。

　両国の出席者は、交わらずに、互いの陣地に固まっている。

　乾杯の挨拶こそ声を合わせたものの、それ以降は探り合いだ。

　あちらから、異国からの来訪者をもてなしたいという気持ちは伝わってくる。しかし、数年前には核戦争の危機を起こした相手国で、交流が断絶していた外国人に対して、どう接していいのか、はかりかねているのだろう。それは連合王国の代表団も同じだ。

　この隔たりは、最初からわかっていた。同じ地球に住む人類でも、双方のあいだには、歴史と国家が作り上げた、見えない壁が存在する。

　そして、バートはこの国に来るにあたり、もうひとつ別の懸念があった。

　新血種族に対する反応だ。

　連合王国では、一九六一年にバートがＡＮＳＡに入った当時、カイエたちは虐《しいた》げられていた。近年では緩和されたが、人間との線引きは残っていて、国内での対立は、以前よりも悪化している。

一方、共和国ではどのように扱われるのだろうと、心配だった。対外的には『男女と種族の平等』を謳《うた》っているが、内情は不明だ。『月と猟犬』に書かれていたとおり、吸血鬼を『呪われし種』と蔑《さげす》み、実験体として扱う非道がまかりとおるならば、カイエは攻撃されるのではないかと……。

この件をカイエに出国前に確認すると、本人は差別的な対応に慣れきっているらしく、「なるようになるよ」とあっけらかんとしていた。もちろん、その言葉を鵜呑《うの》みにはできず、ただの強がりにもバートは感じた。

なんにせよ、カイエが傷つかず、安全に業務に打ち込める環境であればよいと、バートは願う。

「――何か食べない？」

あれこれ悩んでいたら、カイエに肩を叩《たた》かれた。

「あっ、そうだね。取りに行こう」

共和国の人びとの視線を感じつつ、バートはカイエと料理の並んだテーブルに向かう。

名物料理のブリュシチはわかるが、ほかの料理は連合王国では目にしないものばかりだ。全体的に野菜が多く、魚が少ない。気を利かしてか、片隅にはハンバーガーとフライドポテトが置いてある。

料理を眺めていたカイエは、困ったようにバートを見る。

「どれが味が濃いのかな……？」

「全然わからない……」

カイエは悩ましげにフライドポテトを見る。

「この国では、ケチャップは使わないのかしら……」

フライドポテトの傍《そば》には、マヨネーズが置いてある。文化の違いらしい。

「今日はケチャップ、持ってきてないの？」

バートが問うと、カイエは苦笑する。

「さすがに持ってこないよ」

人間に比べて味覚が弱い新血種族は、過度に味を濃くする。そのため、ＡＮＳＡの食堂では別々の配膳カウンターが用意されている。昔ケチャップの使いすぎを注意されたカイエは、自分専用ケチャップを持ち歩いていた。

そういえば、空港からここに来るまで、ひとりの吸血鬼も新血種族も見ていない。なので、あまり人間と違う行動を取らない方がいいのではないかと感じ、バートは軽く指摘する。

「マヨネーズかけるにしても、いつものように、海みたいにはしない方がいいと思うよ。変な誤解されるかもしれないし」

「うん……そうだよね」

カイエはずいぶんと寂しそうな顔をする。

「ん？」

「ううん、使い過ぎてほかの人の分がなくなっちゃったら、国際問題だものね」

そう言って微笑を浮かべると、フライドポテトとマヨネーズを適量、皿に載せる。

反応が少し気になったけれど、代表団のメンバーがわらわらと料理を取りに来たので、いっしょになって適当に皿に盛る。

その後、連合王国の陣地に戻り、仲間内で話しながら食べる。料理は、美味《おい》しいものもあれば、まったく口に合わずに飲み込むものもある。

結局、共和国の人たちとは最初の軽く挨拶《あいさつ》を交わしただけで、短い歓迎会は終わった。


明日から合同会議だが、ちゃんとコミュニケーションできるのだろうか？『サユース計画』の各ミッションを成功させるには、国家間の壁を取り払い、協力体制を構築しなければならないというのに。

一抹の不安を抱いて自室に戻ったバートは、真っ暗な部屋の窓辺に、カーテンの隙間から差し込む光の筋を見る。

カーテンを開くと、低い建物や木々の上に、大きな月が浮かんでいる。連合王国よりも夜の闇《やみ》は深く、月光は明るい。

同じ月なのに、違うものに感じる。同時に、不思議な安心感を覚える。これまで生きてきた場所とつながっているのだと、無意識に心が受け止めているのだろうか。

この月を見て、共和国の飛行士は訓練に励み、技術者は開発をしてきた。目指すものが同じだと思うと、コミュニケーションも大きな問題にはならず、解決できる気がしてくる。

カイエも、今この月を見ているだろうか？

食事中、彼女の表情がどことなく重かったのは、なぜだろうか。

ただ単純に、疲れているからかもしれない。そう思うのは、バート自身、疲労困憊《こんぱい》だからだ。

精神的な疲れと時差ぼけと蒸留酒の三つが重なり、頭がぐらんぐらんする。

明日は午前から合同会議がある。体調を整えないと途中でへばりそうなので、今夜はできるだけ身体《からだ》を休めよう。

バートはカイエの部屋に向かって、おやすみと呟《つぶや》きかけて、ハッと口をつぐむ。

盗聴されたら、誰かといっしょにいると思われる。

「……」

静かな部屋に、外にいる犬の鳴き声が響く。

まずは二週間。がんばって少しでも月へ近づこう。

☽☽☽

朝食をとりにバートが食堂へ向かうと、カイエが待っていた。

「おはよう。部屋のシャワー、直ってたよ」

カイエはニコッと微笑《ほほえ》む。

昨夜の重い表情は、やはり疲れていたのだろう。今朝のカイエはいつもどおりの柔和な雰囲気で、パンを元気にぱくぱく食べている。

それに比べて、バートは疲れが抜けず、身体《からだ》が重い。眠い目をこすりながら温かなスープをすすっていると、カイエにじっと見つめられる。

「調子悪そうだけど、大丈夫?」

「寝不足で……」

慣れない環境のせいか、全然寝つけず、合同会議が気になって何度も目が覚めてしまった。

それをカイエに言うと、スッと席を立ち、熱い珈琲《コーヒー》と大量のスティックシュガーを持って戻ってきた。

「居眠りしないでね」

「それは勘弁だよ。……って、カイエはぐっすり眠れたの?」

「ううん、あんまり。だから、疲れたときのために取ってきた」

と、スティックシュガーを視線で指し示す。

「え、それ、角砂糖の代わりに、直接飲むつもり……？」

バートが訝《いぶか》しむと、カイエは胸の前で手をパタパタ振る。

「も、もちろん隠れて飲むから、大丈夫だよ……！」

つぎからは角砂糖も荷物にいれてこようと、バートは頭の中に書き留める。


代表団の皆でホテルを出ると、一台のバスが停車している。

それは、バートたち専用のバスのはずなのだが——


「なんだ、これ……」

代表団全員が、目を疑う。

バスの窓がすべて、外側から段ボールで塞《ふさ》がれている。

異様なものを目の当たりにした衝撃で、バートはぼんやりしていた頭が冴《さ》えてくる。

デイモン部門長までもが啞然《あぜん》となって突っ立っていると、バスの運転手は頭を下げる。

「会議室のある設計局は、機密区域にありまして……規則なので、申し訳ありません」

そういえば、第一ミッション時の特使は、目隠しをされたと言っていた。しかし、当時と違い、正式に共同事業になったというのに、この扱いとは……。

落ち着かない心持ちでバスに乗り込むと、すでに〔運送屋〕が席にいた。

自由を根こそぎ奪われたバートたちは、全員が無言で、静かに機密区域へ運ばれていく。

一〇分ほどでバスを降ろされると、〈運送屋〉について歩き、工場らしき建物の会議室に連れて行かれる。

四〇名が余裕をもって座れる大会議室の上部には、ゲルギエフの肖像が掲げられている。

この初回の会議には代表団の全員が出席し、話がまとまり次第、専門的な作業グループに分かれる予定となっている。

共和国側の出席者は、歓迎会で顔を合わせた『未来技術開発団』の人びと。議長はヴォルコフ所長。ほか、宇宙船の開発責任者、姿勢制御システムの設計者、『黒竜電計』の開発主任など、責任者クラスが威圧感を放ち、ずらりと並んでいる。

連合王国側の議長はデイモン部門長が務める。つまり、この会議にはふたりの議長が存在する。

挨拶《あいさつ》もほどほどに、ぴりぴりとした緊張感が漂う中、セッションがはじまる。

議題は「ランデヴー・ドッキングのための、ハードウェアとソフトウェアの開発」。

まず、事前に交換した資料——模式図や技術提案書に基づき、共和国のロージナ宇宙船と連合王国の月着陸船とを合体するシステムについて、機械設計を確認する。

最初にデイモン部門長が、二か国でのランデヴー・ドッキングに不可欠と考える『互換性のある機械製品類《ハードウエア》』について説明する。

連合王国が提供するものは、
・第二ミッション――技術試験のために月着陸船を模した『標的機』
・第三ミッション――『標的機・兼探査機』として運用する『有人偵察衛星』
・第四ミッション――『月着陸船』
・最終ミッション――『月着陸船』
これらはそれぞれ機体が異なるが、ドッキング機構は共通する。

そして、必要となるハードウェアは、多種多様なものが対象になる。たとえば、宇宙機の距離や接近率を知らせる装置、ドッキングライト、反射板などだ。また、月着陸船には、共和国のドッキングレーダーを搭載する想定となっている。

それから、ひとつ大きめの課題として、［両国の宇宙機内の気圧差］がある。ドッキング後、気圧差を無視して乗り移ると爆発しかねないので、気圧差を調整する空間『エアロックモジュール』を両機のあいだに挟む。これは新規に製造しないといけない。

これらの課題について、担当技術者がさっそく話し合う。

すると、開始早々、意見がぶつかる。システムに対するアプローチが異なっているのだ。

だが、すれ違いや衝突は想定内だ。二か国で異なるのは機械だけでなく、会議の進め方から何から何まで、あらゆるやり方が違うと念頭に置いている。

差異が生まれる原因のひとつは、宇宙開発を統括する機関の有無。連合王国にはＡＮＳＡが存在し、プロジェクト管理を徹底しているが、軍部主導の共和国には統括機関がない。

しかし、これは「フライドポテトにはケチャップかマヨネーズか」という話と似ている。どちらが正解ということはない。互いに歩み寄り、調整していくしかない。

つまり、ハードウェアの互換性に関する答えも、今すぐに出るわけがない。そのため、初回の会議では答えは求めず、情報交換に務める。

そうは言っても、時間と予算は限られている。だから早期に結果を出すことが求められるが、事故を起こさないために、安全に制御する仕様《フェイルセーフ》でなければならない。

課題は山積みで、障壁ばかり。すれ違う議論を聞いているだけで、バートは胃が痛くなる。もちろん、コンピューター部門にも困難が続出するのは覚悟しているが……。

ドッキングの議論を終えただけで昼になった。短い食事休憩で、デイモン部門長は静かにぼやく。

「我々のやり方に合わせろと強く言えない。国内の新規契約企業と違って、対等なパートナーだからな……」

離れた場所にいる共和国の一団に、バートは目をやる。

ヴォルコフ所長は苦々しい顔をしており、小声でひそひそ話している。あちらはあちらで不満があるようだ。

荒れないといいのだが。

休憩後は、コンピューターについての話となる。バートとカイエの出番だ。

「うまく伝わるといいけど……」

バートが深刻に言うと、カイエは両手でガッツポーズを作る。

「がんばりましょう！　なるべく明るくね」

「ん、ああ。そうだね！」

カイエの言うとおり、小難しい話を重く話すと、なかなか理解されない。連合王国の会議でお偉方を相手に、嫌というほど経験してきた。

バートはメガネをかけ直して、気合いを入れる。

さて、開始だ。

窺《うかが》うような視線を向けてくる共和国の技術者たちに、バートは柔らかな微笑《ほほえ》みを返す。

「最初に、スケジュールの確認をします」

四か月後の六月中旬には、第三ミッションのソフトウェア運用の見直しを終えなければならない。締め切りは迫っているが、『プロジェクト・ハイペリオン』で開発していたベースはあるので、大きなトラブルさえなければ問題はない。

とくに異論も出ず、話は流れる。

「つづいて、ハイペリオン宇宙船用の誘導コンピューター『HGC』について」

簡単に説明して、反応を確認する。『黒竜電計』の仕様書が事前に届いていたが、それを読んでも、共和国側の知識レベルはわからなかった。

最初に、プログラミングの方法。

これは、コンピューターが新型になっても以前と変わらない。パンチカードに穴を開け、バッチ処理をする。そして大型汎用コンピューターを使い、軌道や宇宙船の挙動をシミュレートする。その後、二進法で書き起こしたプログラムを縫製工場に持ち込み、手作業で銅線を磁石リングに巻き付け、記憶装置であるコアロープメモリを作る。

これにも疑問は投げられず、バートは心の中で安堵《あんど》する。

つぎに、『HGC』本体の話に移る。

まず、連合王国の『ハイペリオン』から共和国の『ロージナ』への載せ替えに関して、三つの物理的な懸念がある。

そのうち、以下の二つ――

［一、実際的な寸法や重量が不明］

［二、電源系の適合性が不明］

これらは、機体の改良や調整は必要だが、資料を読んだ段階で「問題なし」という結論が出ている。

まず［一］について、『HGC』は寸法六一×三二×一七センチメートル、重量三二キログラム。一方の『黒竜電計』は寸法五五×三〇×三〇センチメートル、重量三四キログラム。

つまり、性能は高いのに、小型で軽くなる。集積回路のおかげだ。『黒竜電計』の開発者は資料を見て目を丸くしている。

つぎに［二］は、電力の過不足は後日調べるとして、内部電源は二八Vの直流で適合する。

そして、最後の懸念。

［三、コンピューターと、制御させる機器との結線を、どこまで行うのか］

この件は、渡航前にカイエに訊《たず》ねたところ、「考え中……」と困り顔で返された課題で、答えは出ていない。

バートは声のトーンをやや落とし、共和国の技術団に告げる。

「これは、現時点では解決できていません。『HGC』の機能に、船内のハードウェアの動作管理がありますが、『ハイペリオン』では、機内二〇個のシステムを同期させる信号を供給し、人間には不可能な多くの処理をする予定でした。これを『ロージナ』に載せたとき、互換性の面で不適合が出るのは間違いないでしょう」

宇宙を飛ぶという目的は同じでも、両国の宇宙船は基礎設計が異なる。さらに、宇宙船は数百万個の部品から作られており、同じものにはなり得ない。

共和国の技術者たちも、それを当然わかっており、難しい顔つきで、無言で頷《うなず》く。

この問題については、部品や機器《コンポーネント》の詳細な検証も必要になるため、今後の課題として残しておく。

バートはつぎの項目へ話を進める。

「では、『HGC』の具体的な機能について。これは有人月面着陸計画のために作られた、唯一無二の特別なコンピューターです」

何年もかけて、カイエと精魂込めて開発してきたものだ。バートは自信を持って紹介する。共和国の人びとも興味があるようで、数人が前のめりになる。

基本的な役割はふたつ。

・宇宙船の位置や姿勢、軌道を計測すること。

・飛行中にロケット噴射を制御して、軌道を変更すること。

そして、電気的な操舵《フライ・バイ・ワイヤ》による自動操縦を備え、同時に、手動操縦も可能としている。

ここでカイエは具体的な例を挙げる。

「『HGC』を載せた司令・機械船は、自動操縦で宇宙を航行しながら、レーダー計測などによって、数百の項目を地球に送信します。そのデータを、管制センターに設置した大型汎用コンピューター『ACE-α』で受け取り、リアルタイムで処理をします。そして、音声・データ通信を使い、司令・機械船へと指示を戻します。ではバート、宇宙飛行士の操作についてお願い」

バートは説明を引き継ぐ。

「コンピューターの操作は、これまで技術者以外には不可能でした。しかし、世界初のディスプレイ付きキーボード、通称『DSKY《ディスキー》』を搭載することで、宇宙飛行士は『HGC』に指示を出せます。たとえば、目的地への航行中に生まれる誤差を修正するために、大海原を行く船乗りであれば星と六分儀を使うところ、宇宙飛行士は『HGC』と『DSKY』でそれを行います」

『DSKY』は画期的な発明だが、使いこなすのは宇宙飛行士であり、ここで技術者に説明をしても時間を消費するだけなので、具体的な操作は割愛する。

そして、大まかな説明を終えると、細かい仕様や運用方法について、バートとカイエは交互に話していく。しかし、共和国の人びとは理解が追いつかないようで、首をひねってばかりだ。

「最後に『HGC』を用いた、[半自動操縦でのランデヴー・ドッキング」についてです」

この件は、共和国側を問いたださねばならない。

会議の事前資料として、ANSAから、地球軌道上で成功した事例を書面化して、共和国側に送付してある。それなのに、共和国側からは何も届いていない。これまで、共和国はアナログコンピューターと無線を利用してさまざまな試験を実施してきたはずなのだが、それを提示しないということは、おそらく秘密主義による隠蔽《いんぺい》だろう。

しかし、隠されていては、互換性と適合の確認すらもできない。それに何より、第二ミッシヨンの［地球軌道上でのランデヴー・ドッキング］は、共和国のやり方で行う予定なのだ。

デイモン部門長が険しい表情でヴォルコフ所長に問う。

「どうなっているんですか？　わけのわからない機体に、我々の宇宙飛行士の命を預けるわけにはいかない」

怒りを滲《にじ》ませられると、ヴォルコフ所長はしぶしぶ、失敗を暗に認める。

「我々がアナログコンピューターでの完全自動操縦に頼りすぎていた点は反省しております。そちらがくださった成功資料を参考に、再構築する予定です」

一応の結論は出て、デイモン部門長の怒りは収まる。

そして第三ミッション以降のランデヴー・ドッキングについて、バートが言い出そうとしたとき、髭面《ひげづら》の姿勢制御システムの主任設計者が、不満そうに口を開く。

「連合王国のコンピューターが優れているのならば、なぜランデヴーは全自動ではなく、手動操縦を取り入れてきたんですか？　我々は、有人宇宙船の信頼性は、自動操縦の精度に比例すると考えています」

回りくどいが、ようするに、手動操縦を取り入れる理由は、コンピューターの精度が低いからだと彼は指摘したいのだろう。

バートの近くにいるACE社の社員が「言いがかりだ」とぼやいた。たしかに、そうだ。しかしバートには、文句を言いたい気持ちは理解できる。

情熱を持って長年開発をしてきたものを捨てて、競争相手のシステムを載せるのだから、悔しくないわけがない。

しかし。

良いものは取り入れていかなければ、月面には降り立てない。

姿勢制御システムの主任設計者は、鋭い視線を投げてくる。

「どうなんですか？」

バートが上手《うま》く収める言葉を考えていると、カイエがすっと立ち上がる。

「あなたの方法論は、おかしくないですか？」

バートの心臓がドキッとなるほどの率直な物言いに、姿勢制御システムの主任設計者だけでなく、共和国陣営は揃《そろ》って顔を歪《ゆが》める。

しかしカイエは物怖《ものお》じせず、柔らかな声で諭す。

「最初に、なぜ手動操縦を取り入れるかお答えします。それはヒトが完璧な生き物ではないからです。完璧ではないヒトが、完璧な全自動システムを構築できるわけないのです。コンピューターはすばらしいものですけど、柔軟性がありません。トラブルが発生したら、自分では直せません。ですから、柔軟に対処のできるヒトと、コンピューターが協力することで、成功に近づくのです」

共和国陣営は無言で表情を強張《こわば》らせる。睨《ね》めつける視線からは、カイエに対する嫌悪を感じる。年下の新血種族の女性からヒトと言われ、指摘されるのは、経験したことがないのだろう。

だが、カイエの意見は正しい。これまでも正しいことを言って、実績を残して、ソフトウェア開発責任者になったのだ。それは連合王国でも共和国でも変わらない。

バートも立ち上がり、口を開く。

「私とカイエを含む、コンピューター部門の全員は、共和国の『ロージナ宇宙船』で、レフ・レプス船長のもと、史上初の有人月面着陸を達成するために、全力を尽くします。そのために、ここまで来ました。最終ミッションを成功させるために、我々の持つ最善策を提案します。今日からはじまる、二か国での月までの長い旅を、同じ夢を見てきた者同士、楽しめたらと考えています」

素直な思いをぶつけると、共和国の技術者たちの半数程度は表情を和らげ、うんうんと頷《うなず》く。姿勢制御システムの主任設計者も、もう睨《にら》むような瞳《ひとみ》をしていない。

少しは想いが伝わったようだ。

両国のあいだに乗り越えるには高すぎる壁があったとしても、壁の上にある目標をいっしょに見られるのなら、無理やり壁を崩さなくても、きっと上手《うま》くいく。

説明に徹した長時間の会議は、大小さまざまな課題を浮き彫りにする。国家間で異なる点は多くても、根幹は似ていると確認できたことは収穫だ。

最後に、ランデヴー・ドッキングを可能にするためのステップを決める。まず、ハードウェアの互換性において、不可欠と考えられる技術的要件の資料を、双方が作成する。その後、システム面の技術仕様を定義し、作業グループをわける。それから、達成目標とスケジュールを設定する。

初回の会議は大きな揉《も》めごともなく、予定どおりに終わった。その安堵《あんど》からか、朝にはなかった雑談が出席者のあいだで交わされる。

連合王国の技術者はため息を吐《つ》く。

「我々の国でも会議が開けるといいんだが。私は飛行機が苦手なんだ」

共和国の技術者は苦笑で返す。

「こちらは、出入国するのも大変なんだ。許可が下りなくてね」

カイエがにこやかに言う。

「通信システムが発達したら、各国にいるまま、モニター同士で会議できるようになりますよ」

「早く作ってくれ。不気味なバスで拉致《らち》されずにすむ」

デイモン部門長は冗談めかして逮捕されるジェスチャーをすると、両国に笑いが起きる。会議前に漂っていた緊張感は、たった一日でかなり和らいだ。

☽☽☽

会議が終わると、不気味なバスでホテルに直送される。

職務はまだ終わらない。

ホテルの広間を借りて、合同会議の内容をまとめる。そして食堂で夕食をとりながら、翌日のための打ち合わせをする。あとは各担当に任せる形で、解散。ようやく一日の業務は終わる。

この流れが二週間つづく。

解散後は自由だ。

共和国の役人には「機密区域に近づかなければ、街で遊んでも大丈夫」と言われているが、もれなく〔運送屋〕の尾行がつくため、多くの者は部屋に戻る。

バートはどうしようか迷う。ずっと室内にいたので外の空気を吸いたい。何より、このホテルは監視の目や耳がそこら中にありそうで、息が詰まる。

そこで、カイエを誘ってみる。

「うん、私も、散歩したいと思ってたの」

カイエも同じく、ホテルという名の収容施設が落ち着かないようだ。

森に囲まれた街の空気は澄んでいて、紺青《こんじょう》の夜空には冴《さ》え冴えと星が瞬《またた》き、景色は美しいのだが。

「さ、寒すぎる……」

震える声でバートはつぶやく。

極寒とは知っていたので防寒具を着てきたのに、冷たい夜風が服の生地を貫く。出歩いて三分で身体《からだ》の芯まで冷えた。路上には凍りついた部分もあり、用心深く進まないと滑りそうで怖い。

カイエは手袋を付けた両手を口もとに当てて、息をかけて温めている。

こんな異国の地を彼女と歩くのは、なんだか現実感がない。

カイエはハーッと息を吐き、バートを見る。

「会議、もっと揉《も》めるかと思ってたけど、力を合わせられそうで良かった」

「君が手動操縦についてズバッと斬《き》ったときは、ヒヤッとしたけど」

「アハハ。遠回しに言っても伝わらないかと思って」

「まあ、そうだね。時間に余裕があるわけじゃないし、探り合いをしていても、近づけない気がした」

バートは背後に気配を感じ、チラと振り向く。離れた場所に〔運送屋〕がいるのが見える。

こんな中で監視をつづける彼らも大変だなと要らぬ心配をする。

カイエも〈運送屋〉を確認したらしく、フフッと笑みをこぼして、話をつづける。

「バートが『ＨＧＣ』の機能を話してたとき、向こうの人たち、真剣な目でメモを取ってた。きっとすぐに理解も追いつくはず。だって、もし自分が共和国の所属だったら、相手が未知の機械を扱ってるのはすっごく悔しいし、早く覚えたいってがんばると思うもの」

そう言いながらカイエは人差し指を伸ばして、地上から天へ向かって弧を描く。

「星をつないで地図を書き、コンピューターの力を借りて、宇宙船を月に導く。共和国の人たちと手を取り合えば、絶対にできる」

きっと彼女の頭の中には、バートには想像できない、月への航路図が浮かんでいる。

一九六一年の夏、『フライ・ユー・トゥ・ザ・ムーン』と描いた旗を手に、バートは新血種族の人びとと行進をした。あのとき、カイエは声高らかに宣言をした。

——私たちが月へ導いてあげましょう。

あの頃は邪魔者扱いだったコンピューターはプロジェクトの中枢となり、『打倒共和国』を掲げていたデイモン部門長は、共和国の人たちを相手に冗談を口にした。

世界は変わる。

そして、願いつづけた想いは、もうすぐ実現する。

凍りつく寒さの中、バートは情熱を燃やす。

病弱だった子どもの頃、望遠鏡で覗《のぞ》いていた月へあと少し。宇宙船の開発に携わるという夢を叶え、地球史に刻まれる偉大な航海へ、二か国の宇宙飛行士を送り出す。

藍の瞳　Очи индиго

一九六八年三月二七日。

共和国の飛行士部隊が、連合王国の空港へ降り立つ。

メンバー構成は、第三ミッション以降に関わる者たち。団長はレフ。搭乗予定者であるイリナ、セミョーンやステパン。さらに予備搭乗員を加えた合計七名。第二ミッションの搭乗予定者は、連合王国での訓練は不要なので国内に留まる。

しかし、遠い。レフは大きく息を吐く。

地上から宇宙まではアッという間に着くというのに、飛行機を乗り継いで、何十時間もかかる。旅慣れているレフやイリナでさえ、長旅と時差ぼけでつらい。ほかの飛行士は当然疲れ果てて、ふだんは機械のような〔運送屋〕も、さすがに堪《こた》えているようだ。

乗降口で、ANSAの身分証を首から提げた金髪の女性が、レフたちを出迎える。

「ようこそ。お久しぶりです」

レフもイリナも、このグラマラスな女性を覚えている。二一世紀博覧会でバートたちと一緒にいた、ANSA広報室所属のジェニファー・セラーズ。彼女が連合王国内での同行者兼案内人を務める。つまりは、広報の仕事があるということだ。

ジェニファーは挨拶《あいさつ》もそこそこに、さっそく活動について、はっきりした口調で告げる。

「今回の共同事業では、『国際協力』を全世界に訴えたいと考えています」

宣伝や啓蒙《けいもう》に慣れていない予備搭乗員たちは、エッと面喰らった様子だ。

ジェニファーは広報活動が必要な理由を、つらつらと述べる。

宇宙開発に膨大な税金を注ぎ込んだ挙げ句、共和国の飛行士に席を奪われたという結末では、国民から不満が噴出する。そこで、「宇宙開発は世界を豊かにして、人類に平和と繁栄をもたらす」という、もっともらしい理由が必要になる。

そういう方針を説明しながら、ジェニファーは苦笑まじりに言う。

「言い訳めいているのは承知してます。でも、国民の批判が高まると、宇宙開発が継続できなくなってしまうので、よろしくお願いします」

口調や態度は丁寧なものの、彼女のバチッとした瞳《ひとみ》からは激烈な圧力を感じる。以前彼女がバートたちと話していたときは、もっと直接的でサバサバしていたような記憶があるが、今回は他国からの客用に、表面上は謙虚な雰囲気を作っているようだ。

ジェニファーの話によると、『サユース計画』の取材をする記者は、各国から三〇〇〇人も来ているという。基本的には肯定的に報じるメディアが多いが、共和国と違って検閲などないので、悪意を持って批判したり、スクープを狙《ねら》ったりする記者もたくさんいる。そして、そういう記者にとって、秘密主義の共和国は恰好の的になる。

共和国政府は今回の共同事業についても、全容を明かそうとしない。先月、バートたちが合同会議のために初来訪した件は、空港での歓迎式典の様子が取り上げられた程度だ。どこの街でどのような会議が開かれたなど、くわしい内容は一般市民は知らない。

無論、レフたち搭乗予定者は、合同会議の議事録を見ても良いと許可された。二週間の日程は滞りなく終わり、現在、連合王国内で、基本設計審査が行われているようだ。会議中に大きな問題は起きなかったようで、レフもイリナもひと安心している。

ただ、バートたちは二週間も軟禁状態だったと聞いて、少々気の毒になった。

しかし、国家機密に触れる以上は、スパイ疑惑をかけられないように監視されている方が安全なので、窮屈でも我慢してもらうしかない。


レフたちが空港のロビーへ出ると、大勢のカメラマンにフラッシュを浴びせられ、観衆から声援が起こる。その一方、片隅では、共同事業や宇宙開発に反対する人びとが否定的なプラカードを掲げ、警察官に警戒されている。

イリナは反対派を見て、〈運送屋〉に話しかける。

「共和国であれやったら、即連行でしょ?」

無言で頷《うなず》く〈運送屋〉。

「こっちの警察は優しいわね……」

プラカードの『吸血鬼は帰れ』という文章に、イリナは苛立《いらだ》っているようだ。

「イリナ、相手にするな……刺激するだけだぞ」

レフがなだめると、イリナはツンと口を尖《とが》らせる。

ジェニファーはレフたちに言う。

「明日以降に、メディア対応の講義をします。この国では共和国のような取材規制はなく、『アーナックニューズ』のような大衆紙は、実害がありますので」

「あ、でも、あの新聞には、少しはお礼をしたほうがいいかも」

レフが言うと、イリナはフッと笑う。

「たくさん売れたんだから、こっちがお礼をもらうくらいじゃないかしら？」

ジェニファーは首をかしげる。

「お礼とは……？」

「いえ、なんでもないです」

『月と猟犬』を地下出版をしたとき、世界中に拡散するために、刺激物が大好きな『アーナックニューズ』を利用してやった。しかし、これは秘密だ。

☽☽☽

空港からバスに乗り、数十分かけて、有人宇宙船センターのあるニューマーセイル市に向かう。共和国に比べると、風が柔らかい。夕陽は大海の向こうに落ちて、空は深い紫色に染まりはじめている。

レフとイリナ以外の飛行士は、連合王国に来るのは初で、車窓に目を奪われている。共和国の内陸部に住んでいたら、水平線を見る機会はない。

ほかにも、見慣れない風景ばかり。

自動車の群れ、高層ビル、立ち並ぶ広告の看板。商品が溢《あふ》れ、賑《にぎ》やかな街。共和国では食料すらも不足しているので、この豊かさは、ちょっとした衝撃だ。

物珍しがる飛行士たちに、ジェニファーは微笑《ほほえ》みを向ける。

「既定の勤務時間後は、好きに遊んでいいんですよ」

「やったぜ！」

遊ぶ気満々のセミョーン。だが、彼は羽目を外しそうなので、レフは団長として釘を刺す。

「市民に『共和国の宇宙飛行士』だと知られれば騒がれる。この国に慣れるまでは控えよう」

もちろん〔運送屋〕も目を光らせているわけで、セミョーンは瞬時に萎《しぼ》む。

「慣れる前に帰国なんてのはイヤだぜ……」

現在、両国間での旅行すら自由にできない。レフたち宇宙飛行士が長期滞在できるのは、外交官扱いの特例だ。この『サユース計画』によって融和が進めば、国交も改善されるかもしれないと、レフは淡い希望を抱く。

湾岸道路を走ってきたバスは、ニューマーセイルの市街地に入る。皆、連合王国最大の宇宙開発都市がどのようなものか、興味津々で話に花が咲く。

しかしジェニファーは盛り上がりを制して忠告する。

「空港では歓迎する人の方が多かったですが、ここはANSAの重要拠点なので、共和国に対する競争意識は国内一です。月面着陸の席を奪われたと苛立《いらだ》つ人もたくさんいます」

ジェニファーにチラと見られたレフは納得した表情で頷《うなず》く。

「仕方ないです」

イリナも首肯し、同意する。

「もし私がこの国の市民だったら、とくに私を嫌うと思うわ。吸血鬼のくせにって。実際、空港にもいたし。ねえ、ジェニファーさん？　差別がひどいんでしょ？」

「えーと、ご心配なく。ANSA内では改善されてます。私自身、昔は嫌悪してましたけど、今では仲間だと思ってます」

「じゃあANSAの外は？」

イリナの追及に、ジェニファーは苦笑いを浮かべる。

「街は……そうですね。人間の皆さんは、川向こうの月影区《げつえいく》には近づかないでください」

月影区は新血種族の生活する地区で、スラム化が進み、一般市民はまず立ち入らない。しかし、イリナは同族の住み処に興味があるようだ。

「私は行っても大丈夫？」

「んー……たぶん歓迎されますけど、『共和国の吸血鬼』に対する新血種族の考えは、私には理解できない部分も多いので、何とも言えません」

イリナは残念そうに「わかった」と言う。

ジェニファーは強めの口調で付け足す。

「ひとつ大事なことがあります。『ソーラーフレア・クラブ』という吸血種族狩りを行う集団がいるので、夜に寂しい場所へ行くのは控えてください」

「吸血鬼は夜の種族なのに……どこに行っても、居場所がないわね」

うんざりと肩をすくめるイリナに、レフは言う。

「もし出歩くときは、ひと声かけて」

「出歩かないから、大丈夫よ」

窓枠に頬杖《ほおづえ》をつくイリナを見て、レフは複雑な気分になる。

今回の共同事業に関するニュースでは『宇宙からは国境が見えない。地球はひとつ』という内容はよく見る。そして共和国と連合王国の協業で、国際平和をアピールしている。それは良いのだが、そこには人間と吸血種族の争いは入っていない。両国の上層部は、イリナや新血種族を計画に加えて、民族融和の象徴にしようとしているけれど、ただの見せかけに過ぎず、関係性を改善する具体的な施策はない。かと言って、レフに名案があるわけでもなく、種族間の小競り合いや暴力事件のニュースを傍観するしかなかった。

共和国一行を乗せたバスが有人宇宙船センターに到着すると、待ち構えていた大勢の記者が駆け寄ってきて、警備員に遮《さえぎ》られる。

敷地内でバスを降りたレフたち七名は、本部のある一号棟に入る。広々としたホールに、連合王国の飛行士総勢五二名が整列している。

報道陣向けのお披露目《ひろめ》だ。

連合王国側から一歩前に出るのは、宇宙飛行士育成室の室長、ネイサン・ルイス。体格はレフとさほど変わらないが、精鋭部隊を取りまとめる威厳と、堂々たる貫禄《かんろく》が備わっている。

ネイサンは自信に満ちた笑顔をレフたちに向け、低いがよく通る声で挨拶《あいさつ》をする。

「共和国の皆さん、よろしく」

レフも前に出て、同じように返す。

「連合王国の皆さん、よろしくお願いします」

ネイサンは骨張った手をレフに向けて差し出す。

レフは快く握手をする。

「っ……！」

骨がきしむほど、強く握りしめられる。

ネイサンは鋭い眼光でレフを見据える。

なるほど。笑顔は撮影用。本心では、月面着陸の席を政治案件で獲得した者など、お客様扱いはしない。そういう意思表示だ。

レフは手を強く握り返し、笑みを浮かべながらも、瞳《ひとみ》で訴える。あなたの気持ちはわかる。だが、最終ミッションの二席を譲る気はない——と。

記者たちは、魂の衝突など知り得ず、敵対関係にあった二か国の飛行士が握手を交わした記念すべき瞬間を、写真で切り取る。


形式的なお披露目《ひろめ》が終わり、記者がいなくなると、両国の飛行士はあらためて対峙《たいじ》する。

連合王国の五二名に対して、レフたちは七名。放たれる圧力に飲まれそうになるが、レフは胸を張り、相手をひとりひとり見る。

平均年齢は連合王国の方が上。表情はさまざまだ。

前列に立つアーロンは、親善大使として出会ったときとは雰囲気が違い、職務に従事する軍人の厳しさを湛《たた》えている。

レフに笑顔を向ける者もいるが、数は多くない。来訪者の人となりを窺《うかが》う鋭い視線が多い。

五二名の端に、新血種族の男女がいる。年齢はレフと同じくらいだ。灰褐色《かっしょく》の髪が特徴的な女性の新血種族は、レフには目もくれず、イリナをジッと見つめている。彼女がイリナの予備搭乗員だろう。

この場には、多種多様な感情が交錯している。五二名は皆、それぞれの思いを胸に抱き、厳しい訓練を重ね、月面着陸を目標にしてきたに違いない。

だからこそ、政治的な理由と過去の実績で選ばれたレフやイリナを無条件に認めはしないだろう。そこに、共和国という国家への感情が重なる。さらにイリナには、吸血種族への私情も入る。

つまり、五二名全員と心が通じ合うことは困難。レフはそう直感する。

しばらくの沈黙のあとで、ネイサンは仲間の気持ちを代弁するかのように、レフたちに厳しく告げる。

「さて、皆さん。まず第一に、ここは共和国ではない。ゆえに、秘密主義はやめていただく。規律を守るため、こちらのやり方に従ってもらう。苗字ではなく名前で呼ぶ。長時間の宇宙飛行で、助け合い、困難を乗り越えるためには、信頼が重要だ。そして、もし君たちを技術不足と見なせば、問答無用で上と交渉する。金を払って、月面に着陸船が衝突するサマを見るなんて、史上最悪のショーだろう？　プロジェクトの『団結』という主旨を考えれば、争っていた国の者と、人間と吸血種族で手を組むのは一理ある。しかし、理念を追って失敗したら元も子もない」

辛辣《しんらつ》だが、正論だ。

レフは強気の微笑を返す。

「あなたの仰るとおり、我々は、コンピューターや月着陸船の操縦方法を知りません。ですから、こうして勉強に来たのです。正直に言いますと、暴露本でご存じでしょうけど——私やイリナが宇宙を飛んだときに必要とされたのは、強靭《きょうじん》な肉体と精神、パラシュート降下の技能だけでした。なので、あなた方が我々の能力に懐疑的なのは承知しています」

連合王国の飛行士たちは、少し驚いたような眼差《まなざ》しをレフに向けている。

レフはつづける。

「しかし、その後、我々はただ宙《そら》を見上げていただけではありません。進化する宇宙機に対応するため、厳しい訓練を積んできました。それでも、まだまだ甘いでしょう。ですから、技能を身につけ、目標を達成できればと考えています。ここに並ぶ同志たちは皆、そういう意思を持っています」

言い終わると、連合王国の飛行士数名から嫌悪の気配が消えた。帯同しているジェニファーも感心したような顔つきだ。おそらくは、虚飾に満ちた共和国の飛行士が、未熟さを認めたことが意外だったのだろう。

レフにつづき、イリナやほかの飛行士たちも、簡単な挨拶《あいさつ》をしていく。皆、レフにならって、正直に話す。連合王国の飛行士たちから、さらに険しい表情が減る。

　ただし、イリナにだけは、敵意や不信を向ける者が何人もいる。共和国の吸血鬼の女性に席を奪われたことを屈辱だと感じているのだろう。しかし、戦友と呼び合えるほど仲良くなる必要はない。最低限、同乗するネイサンに、イリナのことを理解してもらえればいい。飛行士長をやるほどの人物ならば、理不尽な行為はしてこないはずだ。

　レフはイリナを横目に窺《うかが》う。彼女はいつもどおりの、ツンとすました顔をしている。

　共和国全員の挨拶は終わったので、ここで相手方に戻してもいいのだが、レフは最後に、連合王国の飛行士たちに向けて宣言をする。

「連合王国の皆さん。私、レフ・レプスは、最終ミッションの船長として、月面着陸の一番手として、偉業の達成を信じ、そして成し遂げます」

　席を譲るつもりはないという宣言。そして、イリナへの嫌悪を少しでも自分に向けたいという想いを込めた。

　ネイサンは頰《ほお》をピクリとさせ、不敵に口角を上げる。

　レフは挑戦的な宣言をしたものの、本心では、人類が月面に降り立つことが目標であり、一番手にこだわりはない。しかし、彼らに向かって、それを口にするのは逆に失礼だ。

　世界中の全員が納得する一番手など存在しない。であれば、選ばれた自分が、歴史に名を残すに相応《ふさわ》しい人間になるしかない。

　もしミハイルが生きていたら——

と、時折脳裏をよぎる。彼の卓越した技能と人間性であれば、連合王国の皆も納得するだろう。しかし、彼はもういない。だからこそ、自分が彼のような人間にならなければいけない。すばらしい技能と魂を持つ宇宙飛行士となり、彼に託された想いとともに、月へ降り立つ。それが自分の使命だと、レフは胸に刻む。

レフの宣言を最後に解散となり、連合王国の飛行士たちはぞろぞろと去って行く。

親睦会の類いはない。「親交を深めるのは、訓練でいい」というネイサンの指示だ。レフは杯を交わすのは好きだが、もちろん今日はそれで構わない。馴れ合ってもしょうがない。いつか想いをひとつにして、そのときに祝杯を挙げられればいい。

その後、レフたちはジェニファーの案内で、有人宇宙船センターをぐるりと歩いて回る。

「この施設は、宇宙飛行士の訓練や、有人宇宙飛行に関係する研究設備が中心です」

宇宙服の試験室や宇宙食の研究室、宇宙環境そのものをシミュレーションできる巨大な実験室もあると、共和国なら秘密にするような情報を、ジェニファーは積極的に教える。

「月着陸船やコンピューター、ロケットなどの開発拠点は、全国各地に点在してます」

「じゃあ、バートさんやカイエさんは、ここで働いてないの？」

イリナの問いにジェニファーは頷《うなず》く。

「数年前まではいましたけど、今は遠く離れた工科大学に出向していて、共和国と行ったり来たりです。私も今は、彼らの担当を外れてます」

久しぶりに会えると思っていたので、レフもイリナもがっくり肩を落とす。

しかし、レフはすぐに思い直す。

「でも、俺たちは、彼らの担当するコンピューターを使って月を目指すんだから、いずれどこかで会えるさ」

「ええ、そうね」

と、イリナは頷くと、セミョーンたちを振り向く。

「最終ミッションまでたどり着くように、命懸けでがんばりなさいよ」

「ったく、お偉いお姫様だな」

セミョーンはぼやいて頭をポリポリと搔《か》くと、珍しく気合いのこもった顔をする。

「もちろん、バトンはつなぐよ」

ほかの飛行士たちも、皆、決意の顔で深く頷いた。

☽☽☽

構内の案内が終わると、レフはジェニファーに食事について訊《き》かれる。

「夕食を外でとりたければ、落ち着ける店を予約しますよ」

ありがたいけれど、長旅で疲れていて手近で簡単に済ませたいことと、早くこの場所に慣れたいという気持ちがある。イリナもほかの皆も、それでいいと言うので、職員用の食堂に決める。

エッとジェニファーに聞き返される。

「全員？　食堂で？　本当に？　どれだけ食べても経費で落とせるのに？」

連合王国の宇宙飛行士ならば、最高級ステーキを選ぶ人が多いらしい。感覚がいろいろと違うようだ。

そしてジェニファーは食堂までレフたちを送ると、イリナに言う。

「イリナさんは、好きな窓口で注文してください。連絡してあります」

「ん？　わかりました」

吸血鬼だから何か違うのだろうか？　レフにはよくわからないが、ジェニファーはあとで迎えに来る旨を告げ、「まだ今日の仕事が終わってないので」と足早に去る。

食堂に入ると、ジェニファーの言った窓口の意味がわかった。

人間と新血種族とで、食事を注文する場所が異なるのだ。

イリナは口をへの字に曲げる。

「露骨ね。わかりやすくていいけど」

食堂の座席に目を向けると、物理的には区切られていないのに、人間と新血種族の居場所がすっぱりと分裂している。両者のあいだに、見えない壁でもあるかのようだ。

困惑してしまうが、食堂の入り口で立ち止まっているのも邪魔だ。

「とりあえず、注文しよう」

レフが促した、そのとき。

「すみません！」

突然、背後から女性の元気な声が聞こえた。

皆、びっくりして振り向く。

そこには灰褐色《かっしょく》の髪の新血種族がいる。宇宙飛行士グループの隅にいた女性飛行士だ。ぱっちりとした朱色の双眸《そうぼう》は、イリナを熱烈に捉える。

「はじめまして！　わたし、イリナ・ルミネスク飛行士の予備搭乗員を務めさせていただく、オデット・フェリセトと申します！」

ぐいぐいくるオデットにイリナは押され、一歩後ずさる。

「ど、どうも、よろしく」

オデットはレフたちに向けて、ハキハキと明るく話す。

「人間と新血種族の窓口が違うのは、味付けが違うからです。昔はもっと差別的な意味があったようですが、今は改善されています。ただ、座る場所は自然にわかれてしまいますね。ところで皆さん、お困りですか？　もしよければ、わたしに案内させてください！」

怒濤《どとう》のようにしゃべるオデット。

「じゃあ、ぜひ」

レフが頼むと、オデットは太陽のようにパッと笑顔を見せる。

「ありがとうございます！　ではこちらへ」

連合王国のほかの飛行士と違い、まったく壁がない。さすが最終ミッションの予備搭乗員に挙げられるわけだと、レフは第一印象で感じた。


共和国では見かけない料理を中心にレフたちは選ぶと、オデットに指し示された場所に席を取る。

「どこで食べてもいいんですけどね。中立地帯にしました」

人間と新血種族で分け隔てられた境界上だ。

周囲にいる者たちは、共和国の一団が来たと気づいてざわめくが、話しかけてくることもなく、すぐに静かになる。

レフが辛《から》いチリビーンズを食べる横で、オデットはイリナに熱い想いをぶつける。

「イリナさんは、わたしの英雄なんです。人間じゃなくても宇宙を目指していいんだと思えたのは、あなたのおかげです！」

　イリナは照れ臭そうにオクラのスープを飲む。

「そうなのね、うれしいわ」

　オデットは急に声を潜める。

「……ところで、例の本に書かれてた実験体の件、本当ですか？」

「本当よ」

　イリナはサラッと認める。

「わぁお……！」

　目をまん丸くして驚くオデットに、イリナはよそよそしい感じで訊《たず》ねる。

「えっと、ところで……あなたは何者なのかしら……」

「ハッ、すみません！　失礼しました！」

　オデットはペコリと頭を下げて、経歴をレフたちに語る。

　幼い頃から大空や宇宙への憧《あこが》れがあり、空軍に入った。ただ、宇宙飛行士に選ばれるためにはジェット戦闘機の操縦経験が必要で、法律上、女性には操縦許可が降りなかった。しかも、自分は新血種族。だから宇宙飛行士に選ばれるわけがない、空を飛べるだけでいいのだと、半ば諦《あきら》めていた。

　しかし、イリナの宇宙飛行をきっかけに、状況が動いた。政府が空軍に対して「女性や新血種族も選抜の対象にせよ」と命じ、オデットは宇宙飛行士訓練プログラムへの参加が叶った。そして、厳しい選考を経て、見事に合格した。

語り終えたオデットは、大変だった道のりを思い出したのか、瞳《ひとみ》が潤んでいる。

「実績のないわたしが最終ミッションの予備搭乗員に選ばれたのは、新血種族だからです。周りからは、特別扱いだと白い目で見られます。でも、そのとおりなので反論できません」

もうひとりの新血種族である男性飛行士も、同様の理由で第四ミッションの予備搭乗員に選ばれ、彼も居心地が悪そうだと、オデットはげんなりした面持ちで言う。

何か言いたげなイリナは、言葉の代わりに、「はぁ……」と小さなため息を吐《つ》く。

アッとオデットは顔を上げる。

「ご、誤解しないでくださいね！　わたし、五二名の中では実力上位です。生半可な技能や知識じゃ、人間に認めてもらえませんから」

と言って、オデットは少し表情を曇らせる。

「でも……わたしを指名するときのネイサンの顔を思い出すと、政府から圧力があったんだなぁって、申し訳ない気持ちになります」

ネイサンはどういう人物なのか、レフは知りたい。予定どおりであれば、彼とふたりで月面に降り立つことになる。そして彼自身が言ったように、長期間の飛行では、信頼関係が重要になる。

「ところで、オデット。ネイサンについて教えてくれないか？」

レフの質問に、オデットは快く答える。

ネイサンは自他ともに厳しい、昔気質《むかしかたぎ》の戦闘機乗り。宇宙飛行士育成室の室長としてリーダーシップを発揮し、数々の飛行士を宇宙へ送り出してきた。操縦技術も頭脳も一、二を争う。愛国心に溢《あふ》れ、上からも下からも厚い信頼を得ている。宇宙飛行は未経験だけれど、シミュレーターでの訓練で抜群の成績を収めているので、その点は誰も不安視していない。

「わたしの主観ですけど、そんな感じですね」

話を聞く限りは完璧だ。ミハイルが生きていたら、そういう人物になっていたかもしれないと、レフはつい姿を重ねてしまう。

今度はイリナが問う。

「彼は月面着陸の一番手に、立候補したんでしょ？」

オデットは頷《うなず》き、小声になる。

「あれは意外でした。わたしだけでなく、みんなびっくりしました。月への憧《あこが》れとか、宇宙への夢とか、そういったものを口にしたことはありませんし、名誉を求めるタイプでもないとわたしは思うので。でも、立候補自体には、誰も文句は言いませんでした。むしろ、ぜひ行ってほしいという感じで。ただ、『サユース計画』には最初は反対してました。今ではもう割り切ってるみたいですけど」

「こちらとしては、連合王国の人たちと、上手《うま》くやっていけたらいいなと思ってる」

レフの言葉にオデットはホッとした表情を見せつつも、申し訳なさそうに言う。

「レフさんたちを歓迎してる人は全然いません」

「うん、わかってる」

オデットは頷き、話をつづける。

「訓練中も風当たりが強いと思います。でも、嫌がらせをする人はいません。実力があれば、好き嫌いは別として、認めてくれます」

「それを聞いて安心した。だったら、全力で技術を磨くだけだ。なあ、イリナ」

「そうね。まだ時間はあるから、なんとでもなるわ」

オデットはイリナに真剣な眼差《まなざ》しを向ける。

「わたしは、自分が月へ行こうなんてまったく考えてません。だってそれは、イリナさんが乗れないということですから。なので、わたしの持っている技術も知識も全部教えます！　そして、レフさんと月へ行くという夢を叶えてくださいっ！」

「！」レフは胸がドキッと鳴る。

「し――――っ！」

イリナは慌ててオデットの口を手で押さえる。

「その夢、禁句。いいわね？」

「ひゃい」

今さら注意しても遅い。オデットの声が大きかったので、周囲の注目を集めてしまった。

頬《ほお》を染めたイリナに、レフはジロッと見られる。

レフは咳払《せきばら》いをして、チリビーンズを食べることに集中する。セミョーンたちのニヤついた視線を浴びていると、以前ローザに言われた言葉が蘇《よみがえ》る。

――イリナの夢は、『あなたと』月に行くことよ。

オデットが口にしたように、イリナの夢は、世界中に知れ渡っている。その夢は『サユース計画』が最終ミッションまで進めば――彼女は月面には降りられないが――実現する。

しかし、イリナは夢について誰かに触れられると、必死で隠そうとする。

しかし、月には行きたいと思っている。

どういうことだろうか。

悩みながら食べていると、辛《から》くて美味《おい》しかったはずのチリビーンズの味が、スーッと薄れて消えてしまった。

☽☽☽

夕食を終えたレフたちはオデットと別れ、ジェニファーと再合流すると、バスに乗って連合王国での滞在場所へ向かう。

案内されたのは、有人宇宙船センターからほど近い、丘陵地域にある新興住宅地。その一区画に、広々とした開放的な庭を持つ、小綺麗《こぎれい》な家が建ち並んでいる。

「おひとりにつき一軒、用意してます」

ジェニファーはサラッと言った。

セミョーンは半信半疑の様子で訊《たず》ねる。

「ずいぶん立派だけど、オレたち特別扱いって感じ？」

「これがふつうですけど」

「ふつう……？」

「ほかの宇宙飛行士にだいたい合わせました」

「なッ!?」

セミョーンだけでなく、一同ざわつく。

キョトンとしているジェニファーに、セミョーンは問う。

「この国の宇宙飛行士って、儲かるの？」

アハハと笑うジェニファーは裏の事情を教える。

宇宙飛行士はＡＮＳＡという政府機関の職員なので、給料は軍人や国家公務員と変わらない。宇宙飛行しても、日数分の出張費が支払われるだけ。ただ、企業との宣伝契約費などは別途報酬として入ってくる。そして、メディア戦略として彼らをスターとして扱いたいので、みすぼらしい暮らしをしてもらっては困る。それはもちろん、共和国の飛行士も同じ。ゲストを蔑《ないがし》ろにはできない。

なるほどと納得するレフに、ジェニファーは興味津々な様子で訊《たず》ねる。

「逆に……共和国の宇宙飛行士は、いったい、どんな生活をされてるんですか？」

「ん……」

余計なことを言ってはいけない。

レフは考えてから答える。

「我々が宙《そら》を飛ぶのは、祖国のためです。お金や名誉のためではありません」

と言ったあとに、

「……というのが模範解答です」

と付け加える。レフは祖国のためではなく、子どもの頃からの夢を叶えるために、宇宙飛行士を目指した。そして、宇宙飛行士になったあとも、ひたすら宙を見上げ、月を追いかけてきた。

その気持ちは言えないが、ジェニファーには伝わったのだろう。

「祖国のためですね。ハイ、了解しました。ふふっ」

クスクスと笑うと、彼女は片目をパチッと瞑《つむ》る。

こうして初日は終了。明日からの訓練にそなえて、各々ゆっくり休む。

レフとイリナの家は区画の端にあり、道路を挟んで向かい合っている。家に入る前に、レフはイリナに声をかける。

「朝や昼間の訓練、つらかったら、すぐに教えて」

太陽に弱いからといって、彼女だけを夜間訓練にするのは難しいため、日中は室内中心での訓練をする予定になっている。イリナは人間との生活が長くなり、昼間に起きていることも多くなったせいか、昔よりは日光や高温に耐性がついたようだが、それでも明るい時間帯に訓練をするのは身体《からだ》に負担がかかる。

「平気よ、たぶん……じゃ、おやすみ」

そう答えたイリナは、なぜか憂鬱《ゆううつ》な眼差《まなざ》しをしている。

何かあっただろうか？

レフは考えてみると、食堂での会話以降、イリナは口を開いていなかった気がする。

漠然とした胸騒ぎがして、家に入ろうとするイリナを、レフは引き留める。

「待って」

振り向いたイリナは、早く家に入りたそうな顔をレフに向ける。

レフは率直に訊《き》く。

「もしかして、夢の件？」

「え？　急に何を？」

訝《いぶか》し気に見つめるイリナに、レフは探るように言う。

「いや、食堂を出てから、悩んでそうだったから……」

「違うわ」

すぐさまイリナは否定すると、肩にかかった髪を鬱陶《うっとう》しそうに払う。尖《とが》った耳の先が街灯の光に照らされる。

「オデットさんのことよ」

「彼女が、どうかしたのか？」

イリナはレフに向き合うと、切なげに瞳《ひとみ》を揺らす。

「彼女は真《ま》っ直《す》ぐで、情熱があって、すばらしい宇宙飛行士になれると感じた。でも、どんなに優れていても、実力は二の次で、政治案件で選ばれた、民族融和の象徴として扱われてしまう。人間の支配する地球で生きている限りは、どこの国で暮らしていても、私たち吸血種族は色眼鏡《めがね》で見られる」

その切実な想いは、イリナと出会って間もない頃に言われた言葉を、レフに思い起こさせる。

――吸血鬼は月の民だから、この惑星《ほし》で虐《しいた》げられてる。

あのとき、イリナはまだ人間の世界を知らなかった。あれから何年も過ぎて、人間の仲間はできたけれど、世界を回るほど、現実を思い知らされている。

孤独に生きてきた彼女の緋色《ひいろ》の瞳に、この世界がどう映っているのか。人間であるレフには、きっと永遠に理解できない。

レフが黙っていると、イリナはぎこちなく苦笑する。

「ごめんなさい、気にしないで。ちょっと可哀想《かわいそう》に思っただけよ。さ、明日からがんばりましょ。訓練をこなして、技術を獲得する。今の私じゃ、史上最悪のショーを提供するだけだもの。そんなことしたら、吸血種族の居場所が完全になくなっちゃうわ」

イリナの本音は見えないけれど、月に行きたいという気持ちは本当だろう。であれば、妙な詮索《せんさく》をせず、いっしょにがんばるだけだ。

「頼むぞ、宇宙船の操縦士、イリナ」

「そっちこそ、船長の座から引きずり下ろされないようにね」

「もちろん。ふたりそろって、月へ行こう」

レフは手を差し出し、握手を求める。イリナは細い指先を伸ばして、レフの手をギュッと握りしめる。ネイサンの闘争心を剝《む》き出しにした握手とは違う、信頼や絆《きずな》を感じる固い握手。イリナのひんやりとした掌から、秘めた情熱が伝わってくる。

しかし、月明かりの加減だろうか、レフには、やはりイリナの表情が少し翳《かげ》って見えた。

家の内装は洗練されていて、最新型の家電が揃《そろ》っている。

レフはテレビをつけて、疲れた身体《からだ》を寝台に横たえる。月飛行をモチーフにした企業広告が流れて、人気バンドのザ・ビーズが甘い歌を唄う。ぼんやりとテレビを眺めていると、いきなり自分の顔が飛び込んできて、ビクッとなる。

共和国との共同事業のニュースだ。

有人宇宙船センターでレフとネイサンが握手を交わした場面が映る。ニュースキャスターとコメンテーターが宇宙開発について話す。その内容は批判的だ。

「──そこまでして月面着陸を果たす必要があるのだろうか？」「──共和国に情報を盗まれるのでは？」

共和国では、メディアが公然と国家事業を批判するなどありえない。しかし、こうして客観的に非難をしてもらう方が健全に感じる。当事者からすれば、あまり気持ちのいいものではないけれど。

テレビにイリナが映る。無表情で、何を考えているのかわからない。

ニュースキャスターは表情を険しくする。

「──共和国の吸血鬼が、我が国の宇宙飛行士軍団を差し置いて月に行くことには反対意見が多く、人間と新血種族の争いに刺激や悪影響を与える可能性が……」

批判のネタにイリナを使いはじめたので、不快な気分になり、テレビを切る。イリナと直接話したこともないくせに、何がわかるというのか。

今の番組を、イリナが見ていなければいいけれど……。

別れ際に切なげだった彼女が気になって、レフは窓に近づき、カーテンを開ける。

窓の向こうには、イリナの家が見える。

「あ……？」

庭先に置かれた揺り椅子《いす》にイリナは腰かけ、夜空を眺めている。

薄暗く、距離があるので、表情まではわからない。イリナが天に向けて手をかざすと、手元できらりと青い光が輝く。

首飾りの宝石。彼女の家に代々伝わる、月の石。

イリナは何か呟《つぶや》いているようだ。月の詩でも詠《うた》っているのだろうか。

繊細《せんさい》な黒髪が夜風に揺れ、月光を受けた瞳《ひとみ》がかすかに赤く煌《きら》めく。

窓硝子《がらす》に遮《さえぎ》られた向こう側は神秘的で、別世界のようにレフは感じる。

いや、実際に、住んでいる世界が別なのだ。

同じ地球でも、人間と吸血種族とのあいだには、歴史や環境が作り上げた見えない壁があり、互いに知り得ない感情や想いがある。

レフは、それがもどかしく、悔しい。

昔イリナに嚙《か》まれた左腕が、チクッと痛む。

「っ……」

今すぐドアを開けて、イリナのところへ行きたい。

しかし、自制する。

別れ際に交わした会話以上に、何を話すというのか。溢《あふ》れそうな気持ちを抑え、レフはカーテンを閉める。異国で夜を迎えて、感傷的になっているのかもしれない。

地球を代表する船長として、しっかりしなければ。各国のメディアが注目する中で、無様な姿は見せられない。

拳《こぶし》を握ると、イリナと交わした握手の感触が、掌に蘇《よみがえ》る。

ふたりそろって、月へ行くのだ。

☽☽☽

翌朝、有人宇宙船センター本部に、共和国の飛行士七名が集まる。連合王国側は、搭乗員と予備搭乗員、さらに地上支援員を合わせて二〇名。レフたちの訓練服が黒みがかった藍色《あいいろ》なのに対して、連合王国側は山吹色。色は対照的だが、協調性を出すための施策として『サユース計画』のロゴワッペンが胸元に縫いつけてある。

アーロンが手提げの紙袋を手に、レフたちのところへやってくる。

「ご無沙汰《ぶさた》だね」

「こちらこそ、お久しぶりです」

アーロンは爽《さわ》やかに微笑《ほほえ》む。

「弟のバートは、自分が開発に携わる宇宙船に、ふたりが乗ることを楽しみにしていた。カイエさんも、よろこんでいるそうだ」

「そうなんですね！」

レフとイリナは顔を見合わせて、よかったと言い合う。

するとアーロンはおもむろに紙袋を差し出す。

「これは我々からの贈り物だ。今日からの訓練で、きっと役に立つと思う」

「ありがとうございます！」

ネイサンは手を腰に当ててレフに言う。

「さっそく開けてみてくれ」

レフとイリナは紙袋から包装された箱を取り出し、開封していく。

イリナは覗《のぞ》き込む。

「何だろう……？」

箱を開けた瞬間——

大蛇が飛び出す。

「うぉお!?」思わずのけぞるレフ。

「キャアッ!?」

大蛇はイリナの額を直撃。

「ヒッ!?」

イリナは腰が抜けたように、ぺたんと尻餅《しりもち》をつく。

ふたりの前に、コロコロと蛇が転がる。

バネ仕掛けの、おもちゃの蛇だ。

一瞬の間を置き、連合王国の者たちは爆笑。アーロンも腹を抱えてアハハと笑う。

オデットは必死に笑いを押し殺して言う。

「ご、ごめんなさい！　プッ……歓迎の儀式です！」

「……」

まんまとハメられた。レフは後頭部をポリポリと掻《か》き、イリナは呆然《ぼうぜん》。

セミョーンは、連合王国の者たちといっしょになって、ギャハハと大笑いしている。

「イリナ、おもちゃだよ！」

「黙れッ！」

イリナはおもちゃの蛇を引っ摑《つか》み、セミョーンに投げつける。

ネイサンは冷笑を浮かべる。

「吸血鬼は蛇が苦手か」

「違う！　こんなの誰だって驚くでしょ！」

「いついかなるトラブルが起きても、冷静に対処して貰《もら》わねば困る」

「う、宇宙に蛇なんていない」

イリナはムッとして返すが、顔は真っ赤だ。


歓迎の儀式が終わると、ミッションごとにわかれて、同乗者と挨拶《あいさつ》を交わす。

最終ミッションは、以下の人員となる。

船長レフ、予備搭乗員ステパン。

司令・機械船の操縦者イリナ。予備搭乗員オデット。

月着陸船の操縦者ネイサン。予備搭乗員ジャック。ランデヴー・ドッキングの経験者だ。

訓練はネイサンが取り仕切り、さっそく具体的な話をはじめる。ネイサンはアスリートのような体つきで、年齢による衰えをまったく感じさせない。

「まずは、司令・機械船について。本番で乗る機体は共和国の『ロージナ』だが、まだコンピューターは搭載されておらず、専用のシミュレーターもない。そこで、我々の『ハイペリオン』用の設備を使う。最終ミッションでは、やるべき操作は合計八〇〇以上あり、打鍵は一〇〇〇

○回以上と考えられている」
共和国では考えられないほどの大きな数字だ。担当するイリナは唾《つば》を飲み込む。

ネイサンは眉《まゆ》を上げる。

「過剰に恐れるな。コンピューターについては、子どもでも扱えるような操作パネルを技術者が発明してくれた。後ほど、実物を確認するといい」

イリナがホッと息を吐くと、ネイサンはぎょろりと目を光らす。

「しかし、全自動ではなく、半手動操縦だ。座っているだけでは月へ行けないぞ」

「たとえば、何をするのよ」

「進路の誤差を修正するときは、それに対応する技術や知識が必要になる。トラブルが起きた場合は、自力で立て直す。機械類が故障しないように整備も怠《おこた》ってはならない。温度調整も大切だ。太陽光に照らされつづけると、推進用タンクが危険な状態になる。室温が下がりすぎると冷却装置が凍る。そうならないように、宇宙船自体をゆっくり回転させる『バーベキュー・モード』と呼ぶ操作をする。ほかにも、燃料電池の切り離しなど、業務は山のようにある」

「ひとつずつ、確実にものにしていきます」

レフが落ち着き払って言うと、ネイサンは頷《うなず》き、話をつづける。

「今言った例は、『ハイペリオン』のものだ。コンピューターの載せ替えによって『ロージナ』で機能しなくなる箇所は、別の対処が必要らしい。レフ、何か訊《き》いていないか?」

「いえ、何も」

「ならいい。コンピューター周りについては不確定要素が多く、我々が推測しても時間の無駄だ。今できることを行っていく」

別の対処というものがレフは気になったが、ネイサンの言うとおり、技術者に任せるしかない。

ネイサンは手を叩《たた》いてパンパンと鳴らし、話を切り替える。

「では、有人月面着陸の行程を確認しよう。打ち上げから帰還まで、全部で一三のポイントがある。それぞれ危険度は異なるが、どれも失敗すれば命を失う」

覚悟を窺《うかが》うように、ネイサンはレフたちを見回す。

「これから配る資料は、本番での実際の流れを載せたものだ」

【サユース計画・最終ミッション行程】

一．アルビナール宇宙基地より、有人宇宙船をロケットで打ち上げる

二．月遷移軌道——地球の軌道を離れる

三．司令・機械船をロケットから切り離す

※『ハイペリオン計画』では、この段階で宇宙船の組み替えを行い、月着陸船と結合する手順だったが、『サユース計画』では、月周回軌道でドッキングを行う。

四．月までおよそ三日間の慣性飛行。進路や機械トラブルを警戒する。

五．月周回軌道投入——月の軌道に入る

六．月着陸船とのランデヴー・ドッキング（一回目）

七．月着陸船の月面降下

八．月面着陸
九．月面での船外活動
一〇．離陸
一一．月着陸船とのランデヴー・ドッキング（二回目）
一二．地球帰還軌道投入
一三．大気圏再突入――帰還し、ミッション終了

読んでいると、『地球の出』の写真が脳裏に浮かび、レフは心が震える。

ネイサンは淡々とした口調で言う。

「月へ向かう宇宙船の進路が誤っていれば、目標を逸《そ》れて銀河の果てへ飛んでいく。速度を誤

れば、月に衝突する。ただし、宇宙船の誘導や制御は『HGC』が支援してくれる。では、この有人宇宙船センターで、何を訓練するのか？　いったい、何が難しいのか……？」

そこでネイサンは一度区切ると、レフの顔を見据えて、あらためて口を開く。

「月面着陸だ。月へ降り立つことは、人間にとっても、機械にとっても、極めて難しい」

ネイサンはその理由をレフに告げる。

宇宙を超高速で飛行しながら、重力の異なる別の天体へ安全に着地する方法など、歴史上で考えられたことがなかった。月着陸船での降下は、高度、速度とも、マッハ五・〇以上で飛行する極超音速機での降下に似ていると想定されるが、地球上では実際に確認できない。科学者と技術者が知恵を絞り、着陸に至る手順を考え出したものの、運用が複雑すぎて、きっちり計算できるものではない。また、月への降下時、途中までは『HGC』と地球の『ACE-α』コンピューターによる支援はあるが、最後の一、二分間は地球からの支援に頼れなくなるため、半自動制御での手動操縦になる。つまり、着陸の成否は、搭乗者の腕次第となる。

重圧のかかるレフに、ネイサンは挑戦的に言う。

「月着陸船の操作方法は、訓練実施時にくわしく説明する」

「了解」レフは短く返事をする。

「では、宇宙船——司令・機械船の操縦士について」

ネイサンは、今度はイリナに目を向ける。

「月面着陸のつぎに難しいのは、月周回軌道でのランデヴー・ドッキングだ。ただし、第三、第四ミッションで技術試験を行うので、本番では成功の確証を持って実施できる。問題は、その先——」

「……」

身構えるイリナに、ネイサンは険しい顔つきで告げる。

「君の役割は、月着陸船を切り離したあと、月周回軌道にひとり残り、月面から帰還する我々を迎え入れることだ。月の裏側を周回するときは、地球からの電波が届かないため、船内の『HGC』のみで航行する。もし、月の裏でトラブルが起きたら、ひとりで対応する。我々が帰還しようとしたとき、万が一、司令・機械船に異常が起きていたり、君が操作を誤っていたりすれば、我々は月面に取り残される」

イリナは動じずに、強い視線を返す。

「わかってるわ。私があなたとレフの命を預かる」

ネイサンは二度、三度頷く。

「では、こういう場合はどうだろうか？　君が月周回軌道で万全の準備をしていても、月面でトラブルが起きて、我々が月から離陸できない。君はどうする？」

「助ける方法は？」

「ない」

「ない？」

「そうだ。助ける方法はない」

イリナは無言になり、レフは全身の血液が凍る。

ネイサンは残酷なまでに冷たく、イリナへ告げる。

「君はふたりの人間を見殺しにして、ひとりで月を離れ、地球へ向かう。君が泣きわめこうが、コンピューターは無慈悲な自動操縦で、君を帰還させる。地球で君がどう迎えられるか、我々は知ることはできない。我々は月面で『地球の出』を見ながら、死ぬのを待つ」

オデットや、ほかの飛行士たちも硬直する。

場が静まり返ると、ネイサンは出し抜けに大声を放つ。

「そういう悲劇を生まないための訓練だ！　違うか!?」

連合王国の一団は「おう！」と声を揃《そろ》える。

雰囲気に飲まれた共和国の一団へ、ネイサンはいかめしい顔を向ける。

「月面着陸への挑戦は、決まったわけではない。それまでのミッションに失敗すれば、計画は中止になる。つぎの第二ミッションで終わる可能性もある。急に計画が変わることもあろう。すべては上の判断だ。はっきり言おう。上の連中は、失敗を織り込んでいる。計画を取り仕切る者たちの中で、本気で成功すると信じている人間は、何人いるだろうか？」

やるせない憤《いきどお》りが込められたネイサンの言葉から、連合王国政府の姿勢は好ましくないものなのだとレフは判断する。

ネイサンは少し間を置くと、静かに話をつづける。

「一九五七年、私が空軍でテストパイロットをしていたとき、共和国に史上初の人工衛星を飛ばされ、喧嘩《けんか》を仕掛けられた。競争になった以上は、勝たねばならなかった。なぜか？　この国には、新血種族を含めて、多くの民族が暮らしているからだ。すべてをまとめるには、世界一でなければならない」

共和国が競争を仕掛けた理由は、連合王国を叩《たた》きのめそうという軍部と政府指導部の目論《もくろ》みだ。どちらの国も似たような理由だと、レフは内心で呆《あき》れる。

ネイサンは両国の飛行士に向けて、嚙《か》みしめるように語る。

「上の連中は勝つために、『プロジェクト・ハイペリオン』を強引に推し進めた。不具合が出ているのにも関わらず、打ち上げを強行しようとした。我々は、打ち上げを延期し、作り直すべきだと訴えた。しかし、上は予算不足だの、勝つ好機だのとほざいて拒否した。結果、事故が起きて、三人の仲間が死んだ。いい奴らだった」

数名の連合王国の飛行士が瞳《ひとみ》を潤ませる。アーロンは悔しげに唇を震わせる。

ネイサンは鋭い眼差《まなざ》しをレフに向ける。

「それは共和国も同じだろう？」

レフは深く頷《うなず》く。

「同じです。同志ミハイル・ヤシンの飛行は、止めるべきだったのに、止められなかった」

ネイサンは冷静さを保ったまま皆に語る。

「両国合わせて、宇宙飛行士は四人が死んだ。一方で、極東地区の戦争では、何万という人が死んだ。貧困でも、数え切れないほどの人が死んでいる。人間と新血種族の争いもそうだ。表に出ない殺人は無数にある。それらに比べれば、宇宙飛行士の死者は少ない。死後は悲運の英雄として崇《あが》められる。そして今、我々は、我々の仲間を殺した国家の下で、国際協調を掲げ、大金を使って、宙《そら》に浮かぶ巨大な岩石を目指している」

ネイサンは全員を見回して、ひとりひとりと目を合わせる。

イリナは腕組みをして瞑目《めいもく》する。

物憂い沈黙を破るように、ネイサンは蛇のおもちゃを摑《つか》むと、レフに投げ渡す。

「さて、共和国の皆さん。昨日も言ったが、あえてもう一度言おう。期日までに技術の向上が間に合わないと感じたら、席にしがみつかず、潔く退《ひ》くように。技能不足の飛行士と史上最悪のショーを演じるつもりはない」

レフは蛇のおもちゃを机に置き、相手方を見据える。敵対するのではなく、切磋琢磨《せっさたくま》できるならば、競争は歓迎だ。

「こちらも、昨日も言ったように、月面着陸を目指すにふさわしい飛行士となる。俺だけじゃない。同志たち全員です」

「ふん……」

やってみろと言わんばかりのネイサンに向けて、レフは一団を代表し、宣言する。

「我々は最善を尽くし、成功を目指す。選ばれし集団としての誇りと覚悟を持ち、未知への恐怖に打ち勝つ。そして必ずや、月面着陸を達成し、帰還する。全世界の人びとに、史上最高のショーを見せましょう」

ネイサンは不敵に笑う。

「いい心意気だ。では、さっそく訓練施設を回ろう」


有人宇宙船センター内には、『プロジェクト・ハイペリオン』で使われる予定だった司令・機械船や月着陸船のシミュレーターや、ハイペリオン宇宙船の原寸大装置模型《モックアップ》、船外活動訓練のための巨大プールなど、さまざまな設備がある。昨日ジェニファーに教えられた研究棟もあり、さらに、近郊の空軍基地には数々の訓練設備が整っているという。

総合して、『ライカ44』と比べて規模が大きく、予算をかけている。もし有人宇宙計画がすべて中止されたら、国民から非難囂々《ごうごう》なのは想像に難くない。

敷地内には、月面探査活動の訓練のために、クレーターを再現した区画もある。

それを見た共和国の一同は揃《そろ》って「おおっ」と声を上げる。イリナは興味深そうにクレーターに触れて、質感を確かめる。レフはじわじわと気分が高まり、自然と表情が緩《ゆる》む。

ネイサンは熱を冷ますように言う。

「ここで探査活動の訓練をする者はレフとステパンだが、訓練時間全体の一割程度しか割り当てられない。『サユース計画』の目標は、月に降り立つこと。訓練の大半は、飛行シミュレーターを用いる」

シミュレーターは、全国各地に分散しているANSAの施設に合計一五台あり、目的に合わせて使うとネイサンは説明する。イリナは主に『司令船・ミッションシミュレーター』に、レフとネイサンは主に『月着陸船シミュレーター』に時間を費やす。

訓練の全体スケジュールは、七か月で一〇〇〇時間を目安に、月曜から土曜日まで一日一四時間、日曜日には八時間。予備搭乗員も同じ訓練を受け、支援メンバーの飛行士三人も参加する。

「では、実際に訓練をはじめよう。役割によっては不要な訓練もあるが、まずはすべてに同行してもらう」

ネイサンの指示で、最初に『司令船・ミッションシミュレーター』へ向かう。

格納庫ほどの広々とした空間に、大型汎用コンピューターが列を成して並び、それらを従えるように、一〇メートル四方の異形の機械が鎮座している。多角形で不揃《ふぞろ》いの金属製の箱が左右合わせて二〇個は接合し、あちこちから太いケーブルが飛び出している。まるで列車同士が正面衝突して潰《つぶ》れたような形だ。

イリナは、目をまん丸くする。

「悪夢に出てきそう……」

「え、楽しそうじゃない？　ＳＦ映画に出てくる機械みたいだ」

レフがわくわくしていると、イリナは「子どもみたい……」と失笑する。

『司令船・ミッションシミュレーター』は大きくわけて三つの部位で構成されている。訓練担当技師が操作を行うオペレーターステーション、制御用のコンピューター群、そして、中央に設置された異形の機械が、搭乗員の乗り込むクルーステーションだ。

レフとイリナはヘッドホンを装着し、ネイサンに誘導されて、クルーステーションに入る。

異形の機械の内側は、司令船の内部そのものだ。打ち上げ前の状況を作るために、床から四五度に傾けられている。並列している三台の寝椅子《いす》の真ん中にイリナが、両脇にレフとネイサンが仰向《あおむ》けに身体《からだ》を置く。

レフは周囲を眺め、ウッと声を漏らす。無数のスイッチや計器類が壁面いっぱいに広がっている。共和国の宇宙船とは別の乗り物のようだ。それはイリナも同じで。

「私がこれを、操縦するのよね……？」

戸惑《とまど》いを浮かべるイリナを、ネイサンは少し呆《あき》れ気味に見る。

「この内部がそっくりそのまま移し替えられるわけではない。だが、コンピューターの操作は、共通して『DSKY《ディスキー》』を使うようだ」

「でぃすきー?」

ネイサンは正面中央にある、縦横各二〇センチメートル程の操作パネルを指す。

「これは地上の管制官も遠隔操作できる代物だが、我々も必要に応じてこれを使い、『HGC』とやり取りする」

操作パネルの下部には、『〇~九』、『+と-』、それに付随する『入力』『消去』などの七個のキー。

右上部には、座標や角度、時間を表示できるディスプレイ。

左上部には警告や指示を示す一二個の状態表示《インジケーター》ランプがある。

キーが妙に大きいのは、厚い手袋を付けたまま押すためだろう。

ネイサンは使用法について説明する。

「操作は簡単だ。数字の組み合わせで、『動作』と『名詞』を指定する。たとえば『動作:三七/名詞:三二』と入力すると、ランデヴー時のプログラムが『実行』される。『動作:〇六/名詞:六二』で、現在の速度、高度率、高度が『表示』される」

『動作』や『名詞』の載っている説明板も、操作パネルに格納されている。つまり、操作方法が共通ならば、宇宙船の機体が変わっても応用できるというわけだ。今後、『HGC』を『ロージナ』にどのように搭載するか見通しが立てば、『ロージナ』用のシミュレーターが開発、設置されるだろう。

数字や文字が列記された説明板を見たイリナは、まごまごしながらネイサンに問う。

「指示を八〇〇回って言ってたわよね？」

「月着陸船とのランデヴー・ドッキング、天文航法のための星の位置合わせ、船体の安定化などたくさんある。しかし、すべてをその場で考えるわけじゃない。打ち上げ前に、技術者と念入りに話し合い、リスト化する」

「たとえば……何を手動でやるの？」

「飛行中、制御のために点火をすることがある。そのとき、タイミングや調整はコンピューターが計算して、君が自分の手で点火スイッチを入れる」

「なるほど……」

操作自体は複雑ではないとわかり、レフもイリナも安堵《あんど》する。

「では、実際に動かす」

ネイサンは訓練担当技師に指示を出す。

しばらくすると、打ち上げ時のロケット噴射音が聞こえてくる。目の前で電子表示や計器類が忙しく作動する。

「さて、月まで頼むぞ。イリナ操縦士」

「頼むって言われても、レフ──」

と、イリナはレフに困惑の視線を投げてくる。

「いや、俺も知らないし……」

ネイサンは得意げに眉毛《まゆげ》を上げる。

「初回はスペース・アトラクションだと思って楽しめばいい」

シミュレーターそのものが垂直に傾き、加速感や荷重を体感させる。

やがて、窓に宇宙空間が映し出されると、身体《からだ》への圧は消え、解放される。

星々が窓の外を流れる。本物同然とまではいかないが、たしかに宇宙飛行が再現されていて、レフは言いようのない懐かしさを覚える。イリナも同じように感じているのか、感嘆のため息を漏らす。

共和国にもシミュレーターはあるが、これに比べたら明らかに没入感は劣る。次元が違いすぎて、レフはただ驚くばかりだ。

「すごいな、イリナ……」

「ええ……共和国のやつがおもちゃみたい」

そんなふたりに向けて、ネイサンはシミュレーターの解説をする。

窓の外の星々は、コンピューターからの信号で動いている。『DSKY《ディスキー》』の説明板を見ながら星情報を『HGC』にセットして、天文航法を行うという訓練もできる、と。

レフとイリナは星を眺めながら、しばらく宇宙飛行を味わう——

ビー！　ビー！

突如けたたましい警報音が耳をつんざき、レフは身体がビクッとなる。

イリナは船内をキョロキョロする。

「何……!?」

外からの通信音声が聞こえる。

《――こちら、ニューマーセイル！　火災発生だ！》

宇宙飛行中に管制室から連絡が来たという想定のようだが――

「レフ、火災ってどうするの!?」

「えっ!?　まずは生命維持、いや確認を……『ＤＳＫＹ』で……？」

どうやる？

まごついていると、ネイサンは煽《あお》ってくる。

「船長、操縦士！　対処しろ！」

針が激しく揺れる無数の計器を前に、イリナは狼狽《うろた》える。

「待ってよ！　説明板の……どれ!?」

イリナは説明板を見て『ＤＳＫＹ』のキーをポチポチと押すが、ディスプレイの数値がチカチカと点滅するだけで何も起きない。

「うぅ～！　地球に戻ってよっ！　あ、コレかな!?」

イリナが【P01】とキーで入力した直後、ディスプレーの表示がぐちゃぐちゃになる。

「わっ⁉　どうしたの⁉」

静観していたネイサンが目を見張る。

「おい！　何をした⁉」

「た、ただ地球に戻ろうと思って、キーを押しただけよ！」

「何のエラーだ⁉　壊したのか⁉」

「知らない！」

言い争っていると、『DSKY《ディスキー》』の表示がプツンと消えて、真っ黒になった。

「あ……」

口をポカンと開けるレフとイリナ。


クルーステーションを降りてしばらくするとシミュレーターは復旧し、レフもイリナも胸をなで下ろす。壊したら莫大な金額を請求されたに違いない。

訓練担当技師は「エラーが出るまでの飛行データが消えただけで済んだ」と言う。どうやらイリナがめちゃくちゃに押したせいで、まったく想定していなかったプログラムが動いてしまったらしい。

固く腕組みをしたネイサンから厳しく注意されてしまう。

「もし本番で火事が起きていたら、三人とも死んでいた」

イリナは悔しさと怒りを滲《にじ》ませる。

「だっていきなり卑怯《ひきょう》よ！」

「では『今から燃えるぞ』と教えてくれる、心優しい火はあるのか？」

「な、ないけどっ……」

レフは割って入り、イリナをなだめる。

「落ち着けイリナ。予期せぬトラブルは急に降りかかる。それは間違ってない」

ネイサンはイリナを諭す。

「レフの言うとおりだ。火災以外にもさまざまな訓練ミッションが指定されていて、技術者が予告なしにトラブルを発生させる。そのとき、臨機応変に対応するのは搭乗者だ。コンピューターは優秀でも、自分では動けない」

「さっきのは『ＤＳＫＹ』を知らなかっただけだし……」と、蚊の鳴くような声で反論するイリナ。

ネイサンはたたみかける。

「コンピューターの操作以外にも、業務はたくさんある。このシミュレーターは、火災や故障などの命に関わる問題から、船内の整備、食事の準備などまで、あらゆる経験ができる。君はこれに一日八時間を費やす予定だが、それで足りるかどうか」

イリナは強気の姿勢を見せる。

「全部できるようになればいいんでしょ」

ネイサンはチッチッチと舌を鳴らす。

「訓練では一〇〇パーセント成功させることが最低条件だ。このシミュレーターは高性能だが、本物の宇宙飛行とはまったく違う」

フンと鼻を鳴らすイリナ。

「わかってるわよ。宇宙でも完璧にやる。見くびらないで」

イリナとネイサンは反りが合わず、先が思いやられて、レフは早々に気疲れする。

しかし、イリナが人間に噛《か》みつくのはいつもどおりで、昨夜の切なげな表情は微塵《みじん》もなく、元気な姿には安心する。

そして、ネイサンは多少意地悪だが、やり方や発言は筋がとおっていて、質問をすればしっかり答えてくれる。イリナを蔑《さげす》んでいる雰囲気もない。さすが総大将だとレフは感じる。オデットが言っていたように、訓練で理不尽な苛《いじ》めはないだろう。

レフとイリナのつぎに、ステパンやオデットら予備搭乗員三名がシミュレーターに乗り込むと、ネイサンが訓練担当技師に「小さな隕石《いんせき》を衝突させよう」と指示を出す。

イリナは不思議そうに首をかしげる。

「あのシミュレーター、好きなときに好きなトラブルを起こせるなんて、どうなってるのかしら……？」

共和国のシミュレーターには、そんな便利な機能はなかった。これもコンピューターの力だろうか？

気になってネイサンに訊《き》くと、快く教えてくれる。

複雑な動作が可能なのは、高性能のコンピューターとソフトウェアのおかげで、三五万語以上のプログラムが重要な役割を果たしている。また、一度失敗しても、データを磁気テープに記録しておけば、そこから何度でも再挑戦できるという。

レフは感心するとともに、共和国との差に愕然《がくぜん》となる。連合王国の科学力は想像を超えている。これでは競争をつづけていたら、完敗だったのではないか。幸か不幸か、『ハイペリオン宇宙船』が開発停止になったおかげで、今がある。

そういえば――とレフはリュドミラの話を思い出す。彼女は、一九五〇年代に連合王国に留学していたとき、「いずれ共和国はこの国に負けると感じた」と言っていた。

それを今、身をもって知った。

レフは、リュドミラの嘘《うそ》や欺瞞《ぎまん》に満ちた方法は好きではない。しかし、彼女には先見の明はあるのかもしれない。そして、証拠はないが、『ハイペリオン宇宙船』の不具合と訴訟沙汰《ざた》は、彼女の属する一派が仕掛けたのではないかとも――

考えすぎか。

邪推しているあいだに、予備搭乗員の試乗は終わった。ステパンは慌てふためいたが、オデットは慣れた手つきで隕石《いんせき》の衝突が起きたとき、的確に対処をし、実力を見せつけた。イリナは少し焦った様子で、「オデットさん、いろいろ教えてね……」と小声で頼んでいる。

そして、つぎの訓練場所へ移動しようとしたとき、レフは訓練担当技師に「ちょっといいかな」と声をかけられる。

「シミュレーターが完成したのは、ネイサンの助言や知識のおかげなんだ。技術者にはわからない飛行士の理論を、彼が盛り込んでくれた。このシミュレーターだけじゃない。君が今後使う月面着陸試験機だって彼の功績だ。ネイサンは病と戦いながら、完成に尽力した」

言外に「訓練機器を使わせてやっている」と匂《にお》わすような、恨みがましい視線をレフは訓練担当技師から向けられる。

「なるほど……そうなんですね。教えていただきありがとうございます」

レフは素直に受け入れ、低姿勢で返すが、この国では自分はよそ者であり、リーダーが座るべき席を奪った泥棒だという事実を痛感する。

すると、やり取りを聞いていたらしいネイサンがつかつかと近づいてきて、訓練担当技師に優しい眼差《まなざ》しを向ける。

「自慢することではないよ。それに私の身体《からだ》も全快している」

「あっ、すみません……」

申し訳なさそうな訓練担当技師に向かって、ネイサンは自分の胸をトンと叩《たた》き、莞爾《かんじ》と頷《うなず》く。君の気持ちは伝わったと。

レフはその振る舞いを見て、彼が周囲から厚い信頼を得ている理由がわかった。同時に、この好漢を差し置いて、自分は船長を務めるのだとも。


場所を移動して、『月面着陸訓練用シミュレーター』の試乗をする。『司令船・ミッションシミュレーター』と本体の形状は異なるが、巨大汎用コンピューターとオペレーターステーションが接続された構成は同じだ。

月着陸船は本番でも連合王国製を使うので、このシミュレーターとは最後まで付き合う。

乗員は二名なので、イリナは外で待機。レフはネイサンとクルーステーションに乗り込む。

実物そっくりに作られているという内部を見回すと、ひと目では数え切れないほどのスイッチや計器がある。

正面中央に大きな操作パネルがあり、パネル内に小型コンピューターが埋め込んである。パネルの両サイドには三角形の窓。窓の下には二名分の制御卓《コンソール》がある。共和国の月着陸船は、スイッチや計器が三〇個程度の簡素なものだったので、レフは圧倒されてしまう。

ネイサンはシミュレーターの説明をする。

「この訓練では、月軌道上で司令・機械船から月着陸船が分離されたあとの降下を、四つの異なる角度で試す。何を行うかだが……この機体には、ふたつの独立したコンピューターシステムが搭載されていて、降下中、それらの示す数値が一致するように、我々の手で調整をして、常時正確に動作させていなければならない……」

そこまで言うと、ネイサンは眉間《みけん》に皺《しわ》を寄せる。

「ところで、現在の計画では、私が『月着陸船』の操縦士になる予定だが」

「はい」

「操縦士とは名ばかりで、主な仕事は、コンピューターの動作確認だ。表示される速度や高度の数値を、私が君に伝える。そして君は最終的に、己の腕一本で、月面に着陸をさせる」

――君にできるのか？

ネイサンに、そう問われたようにレフは感じた。

今は無理だ。だが、必ずできるようになる。

レフはその意思を胸に、言葉を返す。

「必要な技能を完璧に習得する。それでいいでしょう？　俺は元戦闘機乗りなので、手動操縦も、複雑なコクピットも、問題ありません」

ネイサンは片頬《かたほお》でにやりと笑う。

「頼もしいな。だが、我々の宇宙機は、戦闘機の機械式操縦とは違い、電気式操縦だ。そして、月で戦闘機みたいな着陸をしたら、大破する」

「わ、わかってます」

「今回の訓練は私が船長役を務めて、操縦する。左が船長、右が操縦士の席だ。まずはやってみよう」

レフとネイサンは左右にわかれ、制御卓《コンソール》の前に立つ。

ネイサンは機能を言いながら、操縦の準備をする。

「訓練を受ける者が実際に操縦しているように体感させるため、減速時は遠心分離機を制御し、約四〜九Ｇの負荷をかける。前方のふたつの窓は映像用のディスプレイだ。操縦桿《そうじゅうかん》と連動して、月面の模型を映した景色が動く仕組みになっている」

この訓練も、高性能コンピューターがあるからこそなせる技だろう。

《――月面への降下を開始します》

訓練担当技師からの通信が入ると、装置が動き出す。

ネイサンは計器類をチェックしながら、レフに話しかける。

「我々の乗る月着陸船は、司令・機械船から分離した時点では、超高速で飛行している。下降し、速度を調整しながら、平坦で安全な場所への着陸を目指す。ここで重要なのは、コンピューターとの連携、そして、搭乗者ふたりの信頼関係だ」

ネイサンに視線をぶつけられ、レフは目顔で頷《うなず》く。心がざわめく、ピリピリした緊張感に支配される。

「今回はトラブルは起こさない。安心するんだな」

ネイサンはそう言って、操作パネルの真ん中を指す。

「これを見ろ」

黒と黄の警戒用テープで囲まれた【ABORT《中断》】というボタンがある。

「本番でもっとも押したくないボタンだ。着陸を諦《あきら》め、機体の下降段を捨てて、上昇段のみで月軌道へ戻る。もし降下中にトラブルが起きた場合、ボタンを押すか否《いな》か、判断をするのは君だ。全世界三〇億人が注目する中で、君が選ぶ。いいか?」

「了解……!」

これまでに感じたことのない、地球の全重力をひとりで引き受けるような重圧が、レフの心身にのしかかる。

月着陸船は降下をつづけ、月面が接近する。

窓に映る風景が偽物だと頭でわかっていても、心臓は勝手に激しく鼓動する。

手が震えて、汗が滲《にじ》む。

「――船長、どうした?」

気づくと、ネイサンに横目で見られていた。

「いえ、べつに」

レフが平静を装おうとすると、ネイサンは低い声で言う。

「見ろ、【燃料ランプ】が点灯している。燃料は残り九パーセント。全部は使うなよ。帰還分を残して着陸しなければ帰れない」

「燃料の限界を知るには、どうしたら」

「限界に達する直前に、管制が警告を出してくる。二〇秒のカウントダウン以内に着陸できなければ、【ＡＢＯＲＴ《中断》】だ」

本番、冷静に行えるだろうか。

未知の恐怖に襲われ、膝《ひざ》が震える。

だが、ネイサンに悟られないように隠す。

窓の外を星が流れ、月面が近づいてくる。

月面がぐんぐんと大きくなる。

色のない荒れた大地が目に飛び込む。

レフは昂ぶる気持ちを抑える。

しかし全身の血液が燃えるように熱い。

ネイサンは至極冷静に操縦をつづける。

操縦桿《そうじゅうかん》の動きに合わせて、月が上下する。

「残り二〇メートル……まもなくタッチダウンだ。下降段の足に有るセンサーが月面に触れると、【接地ランプ】が点灯する」

レフの瞳《ひとみ》は間近に迫る月面を捉える。

計器盤の青いランプが点灯した。

「接地。エンジンを停止し、軟着陸をする」

ネイサンの声がひどく遠くに聞こえる。

やがて——

「OK。月面に着陸を完了」

レフはプハァと大きく息を吐く。知らないうちに呼吸を止めていた。両拳を開くと、手のひらに爪《つめ》のあとが残っている。

ネイサンはフッと軽く鼻を鳴らす。

「今のシミュレーションは、一番簡単な条件で行った。本番は不確定要素が多く、こんなにスムーズにはいかない。そして機体にも注意を払わねばならない。月の重力に合わせて極限まで軽量化した機体は、紙切れのように薄い箇所もある。垂直に降下しなければ、脚が折れて転倒する。前にも言ったが、月面で事故や故障が起きれば、帰還は不可能だ」

いまだ夢うつつにいるようなレフは、かろうじて「はい」と返事をする。

月面での失敗を想像するだけで、奈落の闇《やみ》に落ちる。夢の地に立ち、イリナの乗った宇宙船が離れて行くのを見送るのだ。

ネイサンは淡々とした口調でレフに告げる。

「着陸についての対策は、これとは別に、ふたつの実機で訓練する。わかっていると思うが、着陸はもっとも大事だ。その一瞬に、すべてがかかっている。連合王国だけで、関係者は一五万人以上。投入されたおびただしい金額、資源。命を落とした者たちの魂。宇宙開発の未来。三〇億人の感情。それを君は背負う」

レフの指先は、小刻みに震える。言葉が出てこない。

ネイサンは真剣な顔つきで、レフを見据える。

「この先、我々は三八万キロも離れた、引力も土壌も違う、未知の大地へ降りる。それは奇跡だ」

「……その奇跡を、起こします」

答えたレフの肩を、ネイサンはがしっと摑《つか》む。

「声が震えてるぞ、共和国の若造」

見透かされている。

ネイサンはレフの背中をバンと強く叩《たた》くと、クルーステーションを出て行く。その逞《たくま》しい後ろ姿は、自信に満ちている。

緊張感から解放されたレフは、大きく深呼吸する。

慣れれば、心も落ち着くはずだ。

いや、違う。

慣れるも何もない。本番ではじめて、月面を間近で見るのだ。

地球でできることは、死ぬ気で訓練して、想像し、頭と身体《からだ》に刻む。それしかない。ネイサンもきっとそうやって、技能を身につけたはずだ。

たしかに、彼に比べれば若造だ。けれど、もしミハイルだったら、「共和国の若造」などと呼ばれないだろう。もう若造なんて言わせないように、ネイサンと同等の、いや、それ以上の最高の技術を手に入れる。


クルーステーションを出たレフは、待機していたイリナに声をかけられる。

「どうだった?」

小首をかしげるイリナを、レフは見つめる。月へ行くためには、イリナも完璧に操縦できるようにならなければいけない。言うまでもなく、彼女自身は、その気持ちだろうけれど。

「ねえレフ、どんな感じだったのよ」

「ん、ああ……」

赤く綺麗《きれい》な瞳《ひとみ》で見つめられると、なぜかレフの緊張や強張《こわば》りは溶けていく。

「本物ではないんだけど、本物みたいで……ドキドキしたよ」

「へぇ。私は降りられないのは残念……って、贅沢《ぜいたく》を言っちゃ駄目よね」

「そうですよ！」

と、傍《そば》にいたオデットは羨《うらや》ましそうに、イリナを覗《のぞ》き込む。

「月を周回飛行できるだけでも、すごいんですから」

「そうよね、ごめんなさい。とにかく、私もがんばらないと。いまのままじゃ、あなたに申し訳が立たないわ」

「気合いですよ、気合い！　まだ一年半以上あります！」

オデットは両拳《こぶし》を胸の前で握り、ガッツポーズをする。イリナも同じように「よしっ」と気合いを入れる。

イリナはオデットとウマが合うようだ。良いパートナーがついてくれてよかったと、レフは安心する。『ノスフェラトゥ計画』のときとは違い、今回は自分の訓練で精いっぱいになりそうで、船内での役割も違うので、イリナに何かを教えてあげられそうにない。

しかし、高所恐怖症で腰を抜かしていた彼女が宇宙船の操縦士となるとは、本当に信じられない。その宇宙船から降下して月面着陸を目指すことも、敵対していた連合王国で訓練を受けている状況も、嘘《うそ》のようだ。

だから、達成するのは奇跡だと思える月面着陸も、できるはず。そして、その最後の一手を、自分が担うのだ。

「ネイサン！　つぎの訓練に行こう！」

やる気が漲《みなぎ》り、レフが声をかけると、ネイサンにぎろりと睨《にら》み返される。

「若造、ヤル気があるのはいいが……」

「ん？」

レフの肩を、ステパンが叩《たた》く。

「予備搭乗員の試乗がまだだ」

「あ！　ア、アハハ……！　じ、時差ぼけ、かな……」

両国からの冷たい視線に刺され、いたたまれない。

「馬鹿……」

イリナにも耳もとで叱《しか》られ、レフはただただ小さくなる。

予備搭乗員の訓練を飛ばしただけではなく、『月着陸船シミュレーター』のつぎは、昼食だった。

レフは空回りの失敗で気が滅入《めい》ってしまい、食欲がわかない。しかし午後の訓練のために、ハンバーガーを無理やり腹に詰め込むと、食堂の片隅でひとりで珈琲《コーヒー》を飲みながら、頬杖《ほおづえ》をついて考え込む。

信頼を得るためにしっかりしなければと猛省していると、ゆっくりと近づいてきたイリナに、いきなり脇腹を手刀でズンと突かれる。

「うぐっ！」

頬杖《ほおづえ》が外れた拍子《ひようし》に、肘《ひじ》をテーブルの端に打ちつけた。

「痛ェっ！」

いきなり奇声を上げたものだから周囲の人びとに奇異な目で見られてしまい、レフはアハハと笑って誤魔化《ごまか》す。

イリナはコーラの瓶《びん》を手に、レフの隣にしれっとした顔で座る。

「……おいイリナ、何するんだよ……!?」

イリナは小声でささやく。

「あなた、こっちに来てから肩肘張ってる気がする」

「……そうかな？」

唐突に指摘されて戸惑《とまど》うレフに、イリナはハッキリと告げる。

「対抗してるというか、良く見せようとしているというか。あなたらしくない」

「あー……」

否定はできない。地球を代表する船長であろうという意識があったり、数の多い相手に飲まれないように無理やり胸を張ったりしていたかもしれない。

「もっとふつうでいいんじゃないの？　その調子でずっといるつもり？」

「ふつうか……」

「だってあなた、いつも全力でやっているんだから、それ以上を目指したら、おかしくなるわよ」

思い返してみると、ネイサンとはじめに握手をしたときから、絶対に負けるわけにはいかないという気持ちがあった。

イリナはレフをジッと見つめる。

彼女の透きとおった緋色《ひいろ》の瞳《ひとみ》に、レフの顔が映り込む。

「あなたはあなた。ミハイルにはなれないのよ」

「っ……」

胸を射貫《いぬ》かれる。亡くなった彼の分までと、気負っていた。彼のような技能を持つ宇宙飛行士を、理想としていた。

「……君の言うとおりだ。ありがとう。ちょっと自分を見失っていたみたいだ」

イリナはさりげない微笑《ほほえ》みを浮かべる。

「あなたがどんな人か、補欠の頃から見てきてるから。でも、あの頼りなかった補欠が、よくここまできたものね。褒《ほ》めてあげるわ」

いつもどおりの偉そうな彼女に、レフは感心すら覚える。

「君は、いつでもどこでも変わらないな」

「そう？　いいのか悪いのか、どっちかしら」

「いい意味でだよ」

この国に来てからも相変わらずで、共和国では権力者たちに媚《こ》びず、臆さない。以前、史上初の宇宙飛行士としてふたりで世界を周遊したときも、相手が富豪や王族だろうと、同じように接していた。そんな彼女と話していると、レフは自分を思い出せる。

イリナはコーラをコクコクと飲み、ふうっと長い息を吐く。そして寂しげな目線を宙《そら》に据える。

「私にとっては、人間という生き物や、新血種族や、その世界は、すべて同じなのかもしれない。もちろん、好き嫌いはあるけど……」

「ん……？」

どういう意味だろうと、レフはイリナの顔を覗《のぞ》く。

すると、イリナは視線を逃れるように、スッと立ち上がる。

「休憩時間は終わりよ。行きましょ」

イリナはコーラの瓶《びん》を軽く振り、すたすたと歩き去る。

さっき、何を言おうとしていたのだろうか。吸血鬼とそれ以外とで、世界が分かたれているような言い方だった。いつもと変わらずに見えた彼女も、連合王国に滞在して、思うところがあるのかもしれない。

しかし、彼女の心の底は、レフには窺《うかが》い知れない。探ろうとすると、またいつかのように撥《は》ねつけられてしまいそうだ。訓練に集中しろ、と。

そのとおりだ。もう馬鹿な失敗をしてはいけない。

気負いすぎず、いつもどおりに。補欠だった頃と同じように、憧《あこが》れの宙を目指して。

――そう思うと、肩に載っていた重荷が、フッとなくなった気がした。

ともかく休憩は終わりだ。ぬるくなった珈琲《コーヒー》を飲み干し、立ち上がる。

午後は、近郊の空軍基地に移動して、複数の訓練を行う。天高く昇った太陽が照りつけ、路面を覆う土瀝青《アスファルト》をじりじりと焦がす。

空港までの移動はバスだが、屋外に出るため、イリナはフードを被《かぶ》るなどして直射日光から身を護《まも》る。

しかし、日光は防げても、気温はどうにもならない。

バスに乗ったイリナは額の汗を手巾《はんかち》で拭《ぬぐ》う。

「暑い……まだ春なのに、サングラードの夏くらい気温あるでしょ……」

昼間の時間帯に慣れたイリナとはいえ、ここまで環境が激変すると、厳しい訓練についてこられるかレフは心配になる。そこで、オデットにどのくらい暑いのか訊《たず》ねる。

「夏になると、車のボンネットで卵が焼けます」

愕然《がくぜん》となるイリナ。

「エェ、そんなの死んじゃう……」

オデットは慰みの言葉をかける。

「操縦士の訓練は室内のシミュレーターが主で、外は少ないので、大丈夫だと思います！

……たぶん」

「氷を食べてがんばるわ……」

傍《そば》にいた地上支援員のひとりが、疑わしげにイリナに問う。

「そういや、暴露本に『暑さに弱いから実験体になった』って書いてあったな。あの実験体って結局本当なのか？」

「……」

オデットに対しては即答していたイリナだが、敵意を含んだ目つきの地上支援員には無言だ。レフは代わりに答えようと思い、良い返しを考えていると、アーロンが地上支援員に言う。

「彼女が実験体だったら、どうなんだ？」

「どうって？」

「過去がどうであれ、別にいいだろ。宇宙を飛んだという事実があるだけだ」

「でもそれ、実験犬と同じじゃないか」

アーロンは少し棘《とげ》を含んだ声を出す。

「では先に、お前の過去を――『アーナックニューズ』に書かれた女性遍歴を、共和国の人びとに教えてやろう。映画女優とのスキャンダルは」

「オイやめろ！」

車内に笑いが起きる。

助け船を出してくれたアーロンに、レフは感謝の視線を送る。するとアーロンは片眉《まゆ》をひょいと上げた。

しかし、実験体の真偽はどうあれ、連合王国の人びとに吸血鬼の正しい知識がないと、いつか面倒ごとに発展しかねない。連合王国は映画製作が盛んで、これまで吸血鬼の映画をたくさん作っているので、きっと皆には恐怖の印象がしみ込んでいる。

レフはその考えをイリナに伝えると、イリナはうんざりと「そうね」と頷《うなず》く。

そしてレフは、連合王国の皆に向けて、恐怖映画で描かれた嘘《うそ》を正していく。するとやはり誤解があったらしく、ネイサンやアーロンでさえも「へぇ」と声を漏らす。

黙って聞いていたイリナは、「面倒くさい……」とボソッとこぼすと、フードを深く被《かぶ》り、眠ったふりをする。

レフはそんなイリナを見て、彼女が世界中どこへ行っても変わらない理由がわかった気がする。どこの誰もが足りない知識で、人間とは違う生物として見てくる。そして、イリナは強気に振る舞うことで、自分を護《まも》っている。

それから、人間社会では、吸血鬼と新血種族を『吸血種族』として一括《ひとくく》りにしてしまうけれど、イリナにとっては、新血種族とは血脈は同じでも、住む世界が違うのだろう。

きっとイリナは、食堂でそれを言おうとして、飲み込んだ。

レフは、バスに揺られながら、彼女の力になれないかと考えるが、そうやって力になろうとすること自体を彼女はきっと拒むだろう。憐《あわ》れみの目で見るな、と。

彼女の孤独さは、月へ行くという夢を叶えることで、少しは解消されるのだろうか。

☽☽☽

ニューマーセイルの空軍基地は、有人宇宙船センターの航空機運用本部を兼ねており、通常の基地では見かけない風変わりな訓練機器がある。

共和国の飛行士団は最初に、航空機の中身をすっぽり抜いた改造機体、通称『嘔吐彗星《おうとすいせい》』に乗せられる。

不穏な名前を警戒するレフたちに、ネイサンは得意そうに言う。

「これは宇宙空間に慣れるための飛行訓練だ。高空で機体を四五度引き起こし、三〇度で降下するまでのあいだの放物線飛行によって、二五秒間の無重力状態を作り出す。放物線飛行を、一度の訓練中に、最高で六〇回やる。嘔吐の名が付くとおり、多くの者が吐き気に襲われる。

最初は二〇回くらいにしておくか」

　耐えてみるがいいと言いたげな顔つきのネイサン。

　レフの後ろで、セミョーンとステパンがひそひそと話す。

「この訓練、あえて昼食後に持ってきたんじゃないか？」

「祖国の魂を見せてやろう」

　そして。

　レフたちは、予備搭乗員も含めて、全員が吐かずに耐えた。

　訓練中は急上昇と自由落下により、ふわふわと身体《からだ》が浮かんだ。確かに気分が悪くなりそうで、いまも軽い頭痛はしている。しかし、吐くほどではない。

　イリナは平然と胸を張る。

「共和国で馬鹿みたいな訓練を積んできたから、慣れてるの」

　ネイサンたちには予想外だったようだ。目をぱちくりし、肉体の強靱《きょうじん》さに感心しつつ、「噂《うわさ》どおり、機械か？」と訝《いぶか》しむ。こういう反応をされるのは、秘密主義の影響だ。国外では『共和国市民は、機械のように労働に従事する、心の読めない人種』という印象を抱かれている。そんなことはないのだが、市民生活を隠しつづけてきたので仕方ない。今はそうでも、訓練をしていけば、そのうちわかってもらえるはずだ。

つぎに案内されたのは、基地の一角にある『月面着陸試験機』の試験場。月面降下訓練用に開発された特殊な機体を使用する。この訓練を行うのは、レフとネイサン、そしてその予備搭乗員だけとなる。

長さ七メートル、高さ三メートルほどの『月面着陸試験機』は、本当にこれに乗って空を飛ぶのだろうかと首をひねるような物体だ。

四本足で、パイプの骨組みにジェットエンジンを持つ不格好な機体。搭乗者は操縦桿《そうじゅうかん》付きの座席に剝《む》き出しで座る。下向きのターボファン・エンジンで垂直上昇後、推力をコンピューターで制御して車両の重量を打ち消し、まるで月面上空にいるように重力を六分の一に調整して、ホバリングで水平に飛行できる。

設計当初は人間が操れる代物ではなく、月着陸船の製造企業とANSAが共同で改良をしつづけ、ネイサンも開発に加わり、何年もかけてようやく訓練に使えるようになったという。

ネイサンは厳しい表情でレフとステパンに忠告する。

「私は二五年以上、空を飛んできたが、コイツはもっとも危険だ。重力が六分の一になる月の上空では、横移動するのに地球上の六倍も機体を傾けねばならない。そのため、とても不安定だ。研究機は風に煽《あお》られただけで墜落しかけて、座席のロケット射出で脱出したこともある。正直言って、私は実験体だった。ここにある機体は進化したものだが、一歩間違えば死ぬ」

脅しではなく本当に危険だと、見ただけでもわかる。

ステパンはじろじろと機体を観察する。

「どうしてこれは、シミュレーターじゃなくて実機なんだ？」

ネイサンは即座に答える。

「シミュレーターは、機械の操作やトラブルの対処を頭で学ぶものだ。重力が異なる月面への着陸は体感できない。なお、これに乗るには、飛行特性が似ているヘリコプターの操縦技術が必須だ」

ヘリコプターの件については、レフとステパンは前もって知らされており、共和国で腕を磨いてきた。しかし、それだけでは認められない。まずは訓練担当技師の許可をもらい、さらに二週間の講習を受ける。それほどまでに操縦が難しく、命に関わるということだ。

「では私が手本を見せる」

ヘルメットなどの防具を装着したネイサンは、月面着陸試験機に乗り込む。そして、座席に座った瞬間に、戦地に赴く兵士の目つきになる。

訓練担当技師が開始の合図を出すと、機体はふわりと上昇する。白煙を一定間隔で吹き出しながら、八〇メートルほどの高さを水平に飛行していく。羽根のないヘリコプターとでも言えばいいのか。見るからに不安定で、誤った操縦をすれば墜落して爆発するのが容易に想像できる。

月面着陸試験機はゆらゆらと五分ほど飛行して、ふわふわと柔らかく着陸をする。

降りてきたネイサンはヘルメットを外し、拳《こぶし》で額の汗を拭《ぬぐ》う。

「燃料の都合で一回に短時間しか飛行できないが、実際の月面着陸も、モタモタしていたら燃料切れになる。この訓練を、本番までに数十回は行う」

レフは拳で胸を叩《たた》く。

「何百回でも、あなたが納得するまで、何度でもやります」

「燃料代は共和国に請求しよう」とネイサンは鼻で笑った。

初日の訓練実施はここまでとして、ネイサンは別の訓練について話す。

月面着陸に向けて必要となる技術の中でも、『司令・機械船と月着陸船のランデヴー・ドッキング』は、非常に重要なものだ。イリナは操縦士としての技能をここで遺憾なく発揮しないといけない。

しかし、そのためのシミュレーターは北東に遠く離れた航空研究所にあり、訓練は後日そちらに出張して行う。また、月着陸船に関するもうひとつの大掛かりな設備『月面着陸研究施設』も、同研究所の敷地内にある。

そこには、広大な月面の模型が地面に敷設されていて、月着陸船の実物大模型をガントリークレーンで吊《つる》して、高さ五〇メートルからの着陸を体感できる。さらに、飛行士をケーブルで吊り下げることで、月面歩行のシミュレーターとしても機能する。

ＡＮＳＡの施設や製造拠点は全国各地に点在していて、飛行機であちこち飛び回ることになる。レフとイリナは宇宙飛行時の役割が異なるので、今後は別々の訓練をしたり、離れ離れになったりする時間も多くなる。

ここ数年、レフはほぼ毎日イリナと顔を合わせていて、離れるのはいつ以来だろうと、記憶を辿《たど》ってみる。

思い出すのは、イリナが史上初の宇宙飛行を達成し、「チーフの設計局で働く」と嘘《うそ》を吐《つ》いてサングラードへ行っていた期間だ。

胸を焦がすような懐かしさが込み上げ、レフは、有人宇宙船センターへ戻るバスのなかで、隣席のイリナにそのことを話す。コローヴィンの話を連合王国の人びとに聞かれてはマズいので、ひそひそとささやく。

イリナも懐かしそうに話していたが、フッと切ない顔をする。

「アーニャ、元気かな……」

レフはそうであってほしいという思いを込めて、深く頷《うなず》く。

「きっと、元気さ」

共和国の医学研究所で働いているアーニャからは、一年に一度、近況報告の手紙が届いていた。

しかし、去年も今年も届かなかった。もしかしたら、昨春に『月と猟犬』を撒《ま》いたせいかもしれないとレフは感じている。アーニャと非合法書籍には直接的な関係はないが、過去につながりがあった者として、〔運送屋〕の取り調べを受けただろう。それで、手紙の送付を禁じられた可能性がある。もしくは、アーニャが自分の意思で止めたか。ひょっとしたら、偶然本を手にして、複製した可能性もある。レコードを割られたクセニアもそうだが、いろいろな人に迷惑をかけてしまった。

ここまでやったのだから、月面着陸は絶対に成功させなければ――と、思う反面、自分の描いていた夢を、他人に押しつけているのかもしれないという疑念が頭をかすめる。

イリナは今、どう考えているのだろうか。彼女こそ、大広場で夢を叫んだときとは、状況も立場も違う。あのときの――一七歳だった少女の気持ちを蒸し返されることが、もしかしたら嫌なのかもしれない。

隣に座っているイリナは、物憂げな瞳《ひとみ》を夕闇《ゆうやみ》の海に向けている。

――と、イリナはフッとレフに目を向ける。

レフはドキッとしたが、イリナはふつうの顔で言う。

「見て、あの標識。『宇宙への道』だって」

この先に、ロケット発射センターがあるという意味らしい。宇宙開発の聖地とも書かれている。連合王国にとって記念すべき場所なのだろう。聖地をひた隠している共和国とは正反対だ。

信号でバスが停まり、あたりを眺めると、土産物屋に『歓迎、サユース計画』という看板が掲げられている。店先には宇宙船やロケットの模型や、ほかにもさまざまなグッズが並び、共和国の小旗までもが売られている。おそらく無許可だろうが、『地球の出』のポスターや、レフやイリナの似顔絵が描かれた絵葉書もある。

店先にいた観光客風の親子がバスに目を留め、連合王国の宇宙飛行士に気づき、飛び跳ねて手を振る。ネイサンやアーロンが手を振って応えると、ほかの客も気づいて、人びとが集まってくる。

その光景をレフがぼんやりと見ていると、客から手を振られた。イリナに手を振る人もいる。ふたりで手を振り返していると、ステパンやセミョーンも仲間に加わる。

即席の交流会に、レフの胸の奥は、じんわりと温かくなる。

信号が変わり、バスは『宇宙への道』をゆっくりと走り出す。

そうだ、自分で選んだ道を、真っ直《ます》ぐに進めばいい。さまざまな想いを抱えながら、レフはあらためて決意する。

☽☽☽

連合王国に来て、二か月が経過した。

五月後半になると太陽はいよいよ輝きを増して、イリナは「暑い、溶ける」と嘆いているが、訓練の方は順調だ。

故郷とは環境がまったく違う土地で、いろいろな知識や技術を頭に詰め込まねばならないのは、気力も体力も消耗する。とても大変だが、共和国の七名は全員、一日一日を全力で取り組んできた。誰もが技能は身についてきたという実感がある。

訓練の経過を共和国へ報告するとき、ヴィクトール中将から宇宙船の開発状況や第二ミッションの進捗《しんちょく》を知らされると、いっそう気持ちも高まる。

両国で力を合わせることこそが月への橋を架ける。レフはそう考えて、積極的に連合王国の人びとに話しかけるようにした。船長としての対話ではなく、気負わずにふつうでいることを心がけ、連合王国の宇宙開発に興味がある、素の自分で接する。

「無重力でも書けるボールペンの開発に、ANSAは大金をつぎ込んだって本当？」

レフが地上支援員に訊《たず》ねると、意外な顔をされる。

「その噂《うわさ》、そっちの国まで届いてたのか？」

「そちらの話は、いろいろ入ってくるので」

「でもそれ、間違ってるんだよ。開発したんじゃなくて、業者が売り込んできたんだ。ところで、そっちは鉛筆で書いてるって聞くけど、嘘《うそ》だろ？」

「本当です」

「おいおい……!?　船内で芯が折れたら危険じゃないのか――」

彼らにとって共和国の内情は興味深いらしく、レフの周囲に、人びとが自然と集まるようになる。レフは、話す内容が共和国にとって機密か機密でないかは、あまり気にしないことにした。同行している〈運送屋〉も、とくに口出ししてこない。連合王国の開けっ広げな情報公開を目の当たりにして、秘密の基準を緩《ゆる》めたのかもしれない。

しばらくすると、セミョーンは同乗者のアーロンに共和国流の冗談を言うようになった。

「共和国で、蒸留酒の消費量が一番少ない月はいつだか知ってるか?」

「八月か?　寒いときに飲むものなんだろう」

「答えは二月だ。日数が少ない」

「ハハ……」

こんな調子で、呆《あき》れさせている。

最初はピリピリしていた関係も、日を追うごとに改善されていった。大勢いる宇宙飛行士や職員たちの中には、いつまでも敵意を露《あら》わにしたり、無視したりする者もいるが、多くは友好的になった。

連合王国の宇宙飛行士からすると、レフたちは異常なほど規律正しく禁欲的なようで、ネイサンは「共和国の国民は、全員が真面目《まじめ》なのか?」と不思議そうにしている。

一方で、レフたちは、こちらの宇宙飛行士の暮らしぶりに驚かされる。

すべては自己管理で、飲み食いは好きなだけ許される。職務時間外は何をしても構わず、有名人の知り合いも多い。休日に自動車の二四時間耐久レースに出る者がいたときは、レフたちは唖然《あぜん》となった。聞いた話によると、上層部に掛け合って「次回の搭乗者でなければ出場してよい」というルールを定めたらしい。

そのような自由で華やかな生活を羨《うらや》む気持ちがないと言えば嘘《うそ》になるが、そこまでの贅沢《ぜいたく》をレフは求めていない。また、全員が派手な暮らしぶりというわけではなく、アーロンは品行方正で、ネイサンは自分に厳しいという印象だ。

両国の者たちは、互いを完全に理解し合えたわけではないが、ひとつの目標を目指す集団として形になってきているのではないかと、レフは安堵《あんど》する。

そんな輪の中で、イリナはひとりだけ、一歩引いている。自分から溶け込む気はなさそうで、基本的にオデットと行動し、人間とは職務だと割り切った付き合いをしている。

もちろん、それが悪いわけではない。ミッションを遂行する上では、同乗者のネイサンと予備搭乗員のオデットと信頼関係が結ばれれば問題はない。

しかし、気になるのは、イリナが壁を作っていることだ。周りに対してではなく、レフだけに対して。それは、壁というよりも、心を覆う不透明なヴェールという方が近いかもしれない。薄くて繊細《せんさい》で、無理に剝《は》がそうとすると、ヴェールごとイリナが散り散りになってしまいそうな、儚《はかな》い霧のような脆《もろ》さで、彼女を包んでいる。

イリナとは日常の会話はできるし、食堂での食事に誘ってもふつうに快諾する。

ただ、以前と少し何かが違う。

おそらく、ほかの人から見たら気づかない差異だろう。

もしかしたら、周囲に連合王国の人びとがいるのを気にして、親しく見えすぎないように、彼女なりに距離を置いているのかもしれない。レフ自身、宇宙船の船長と操縦士が公私混同しているように見られるのは避けたいという思いはある。

しかし、そういう周囲への配慮とは違った、何か大事な想いを隠しているように感じる。だが、直接は訊《き》けないので、それとなく探るしかない。


訓練を終えた夜、互いの家へと別れるとき、レフはイリナに軽く訊《たず》ねる。

「最近、調子はどう?」

イリナはきょとんとする。

「いきなりどうしたの」

本当にいきなりな質問だったと、レフは反省する。しかし、詮索《せんさく》は苦手なのだ。

「いや、暑いし、大丈夫かなって……」

「暑いけど、だいぶ慣れてきたから平気よ。真夏はつらそうだけど、航空研究所のある地域は、多少は涼しいみたい。冬には雪も降るってオデットが言ってたわ」

イリナは訓練に前向きで、普段と変わった様子はなく、隠しごとや悩みはないかと訊《き》ける雰囲気ではない。無理に探れば拒絶されるだろうし、今日はやめておこうとレフは考えて、おやすみと声をかけようとすると――

「ねえ、レフ」

「ん？」

イリナは考え深げな顔で、首飾りの青い宝石に触れる。

「これ、やっぱりあなたが持って行くことになりそうね。約束、覚えてる？」

「もちろん、覚えてるよ」

イリナが史上初めての宇宙飛行に挑む直前。アルビナール宇宙基地に駆けつけたレフは、こう言われた。

――いつか月へ飛べる日が来たら……そのとき、あなたが持って行って。

あのあと、レフは「君が持って行くべき」と返した。けれど、司令・機械船の操縦士は月面には降りられない。

イリナは少し残念そうなそぶりを見せ、青い宝石を掌でそっと包む。

「そのときが来たら、あなたに託すわ」

「君がいいなら、了解した」

「ありがとう。そのときが来るかどうか、まだわからないけど……」

未来は不確定だが、有人月面着陸へ向けて、各ミッションは着実に進んでいる。

こちらで訓練をしていると、ヴィクトール中将とのやり取りに加えて、ＡＮＳＡ内の開発状況も随時耳に入ってくる。ドッキングに使用する新しい機器は、両国での設計評価が完了し、すでに製造をはじめているという。

二か国で効率良く進行できているのは、ＡＮＳＡの組織的な手法の力が大きいと、ヴィクトール中将は感心しきりだった。壊滅状態にあった共和国の宇宙開発現場は、無駄を排除して、かなり立て直された。ヴィクトール中将の話によると、ヴォルコフ所長は、「コローヴィンが指揮官をやっていたときに、この組織体制があれば……」と頬《ほお》を涙で濡《ぬ》らしたそうだ。

だが、後悔しても時間は戻らない。予算は漸減《ぜんげん》し、一九六〇年代のうちに月面着陸を達成するという期限は迫る。

また、バートとカイエは、今現在も共和国で合同会議をしているという。なんでもカイエは『西の魔法使い』と呼ばれているらしい。そして、第三ミッション以降は、彼らの開発するコンピューター、『ＨＧＣ』が鍵《かぎ》になる。

不確定な未来を確定させるために、二か国で大勢の人が業務に励んでいる。

そのときが来ることを信じて。

レフは東の夜空を見上げる。まもなく朝日が昇る共和国へ届くように、想いを言葉に込める。

「月面着陸に挑むときは、必ず来るよ」

イリナも、東の果てを見つめる。

「そうね……信じて待つわ」

飛行士は技術者に託し、技術者は飛行士に託す。どちらが欠けても成功はしない。

いくつもの夜と朝を越えた先に、勝利の栄光は待っている。

間奏二

一九六八年六月。第二ミッションの打ち上げは、三か月後の九月に予定されている。

その結果で、宇宙開発の今後が決まる。成功すれば第三ミッションへ。失敗すれば終了。

第二ミッションの目的は、両国の宇宙機が、ランデヴー・ドッキングできるかどうかを確認すること。

本番に先立ち、まずは地上で、両国合同でのドッキング試験が行われる。

試験場所は、共和国の平原に建てられた巨大な格納庫。宇宙船ロージナと、ドッキングの対象である標的機の原寸大装置模型《モックアップ》を吊り下げ、クレーンで動かす。ロージナには、二か国共同で開発した新たな装置――共通結合機構を搭載したエアロック・モジュールが装着されている。

両国の技術者は、機器の適合や気密性を確認する。搭乗予定者は、ドッキング後に宇宙船から標的機へ乗り移るための操作と手順の訓練をする。何十回と繰り返される訓練の三分の二は、失敗を想定して行う。地上ではできても、宇宙空間で思いどおりに行くとは限らない。

このミッションに挑む飛行士三名の割り振りは、共和国二名、連合王国一名。共和国からは、高度な操縦技術を持つ二期生ふたりが選ばれた。連合王国からは、連合王国ではじめて地球周回軌道飛行を達成し、ランデヴー・ドッキングの成功経験もあるスティーヴ・ハワード。

また、第二ミッションは、技術試験に付随して、『両国の宇宙機が宇宙で出会い、合体する』という、国際協調を併せ持つ。

それを盛り上げる演出として、連合王国の標的機に『お土産』を入れて、宇宙飛行士が取ってくるというアイデアをＡＮＳＡの広報部が提案した。これはただの演出ではなく、第三ミッションの『月面を撮影したフィルムを取って戻ってくる』という行動の予行にもなる。

しかし、こういった宣伝活動をどこまでやるのか、二か国間での話がまとまらず、難航している。

宇宙開発を国家機密としてきた共和国と、国民の支持を得るために公開したい連合王国では、考え方が真逆だった。

連合王国は「アルビナール宇宙基地からの宇宙船打ち上げを生中継して、船内も撮影したい」と要求。だが共和国は、「宇宙基地も宇宙船も機密である。そちらの打ち上げと標的機を映せばいい」と拒絶。

どのような方針になっても第二ミッションの成否には関係ないが、うまくまとめなければギクシャクして今後の計画に影響が出てくるため、早く折り合いをつけなければならない。

広報に関して、両国間で差のある『宇宙飛行士』という肩書きも議論されている。共和国では、宇宙を飛んでいない者は『飛行士』だが、連合王国では、選抜された者すべてが『宇宙飛行士』と呼ばれる。どちらかに合わせなければ、肩書きが不揃《ふぞろ》いになる。

そこで、今回の『サユース計画』に限り、搭乗予定者はすべて『宇宙飛行士』に統一する。搭乗予定者の多くが宇宙飛行の経験者という理由に加えて、未経験のネイサンを、レフとイリナと同等の扱いにしたいという連合王国の思惑もある。

第二ミッションが本番へと向かう裏で、第三ミッション以降の準備も迅速に進む。

第四章　西の魔法使い

青の瞳　Blue eyes

連合王国の北東部は、七月近くなっても蒸し暑い日は少なく、南部に比べて過ごしやすい。一七世紀に旧大陸から逃亡した吸血鬼が流れ着いたといわれる歴史的都市・グランブリッジ市で、バートとカイエは工科大学の研究ラボで開発に勤《いそ》しむ。

当初は不安視していた共和国側との関係性は、杞憂《きゆう》に終わったと言っていい。合同会議を繰り返す中で、ときには言い合いになり、会議室に不穏な空気が流れることもあった。しかし、意見の衝突は、互いに本気で月面着陸を成し遂げようとしている証《あかし》だとわかれば、理解し合うまで時間はかからなかった。共和国の開発現場で働く人びとは無口で、必要なことしかしゃべってくれないが――おそらく余計なことをしゃべるなと口止めされているのだろうが――内側には燃えたぎる情熱を秘めている。

計画を進める上で改善してほしい点があるとすれば、極度の秘密主義と、書類の確認と承諾について、「指導部の許可が必要」という理由でやたらと時間がかかることだが、そういうお国柄なのでしょうがないと、バートたちは諦《あきら》めている。指導部はもとより、『未来技術開発団』の人びとのほとんどは、特殊なコンピューター言語を見るだけで頭痛がするようなのだが、どうしても一度は目は通したいらしい。

そういう問題点はあっても、合同会議後に電話や印刷電信機《テレックス》での緊密なやり取りをして、ANSA内での週二回の開発計画会議を経て、六月半ばには予定どおり、第三ミッションの運用設計の見直しが完了した。

しかし、職務はまだまだつづく。

むしろ、これからが本番だ。

第三ミッションのプログラム作成は技術職員に任せて、バートとカイエが所属するソフトウエア開発チームは、第四、第五ミッションの運用設計を作り上げていく。

休む暇《ひま》などない。カイエはおびただしい量の珈琲《コーヒー》や角砂糖を口にしていて、身体《からだ》に支障が出ないか、バートは心配している。そのような状況なので、ほかの施設から訓練報告書などが届けられても、ミッションと無関係のものは片隅に積み上げられる。しかし、積み上げすぎると雪崩《なだれ》が起きるので、時折、バートが業務終了後に自主的に整理をする。

そして今、カイエが夜遅くまで残業をする横で、バートは雪崩かけた雑多な書類を整理している。

カイエは『HGC』に関する報告書を前に、難しい顔で腕組みをつづけている。ロージナ宇宙船への『HGC』の搭載に関して、課題となっていた『三、コンピューターと、制御させる機器との結線を、どこまで行うのか』についての技術報告書がANSAと共和国から届いたのだが、困ったことになっていた。

　寸法や電力といった面では適合していても、両国のハードウェアに差異が多く、すべてを『HGC』とつないで制御するのは、予算とスケジュールを考えると困難だという。だからといって既存の『黒竜電計』では、『月周回飛行』と『地球軌道上でのランデヴー・ドッキング』をそれぞれ単体では任せられても、最終ミッションにおける『月周回軌道上でランデヴー・ドッキングをして、月面着陸へ導き、さらに回収までして帰還する』まで求めるには能力不足。DSKY《ディスキー》に未対応な点も宇宙飛行士への負担が大きく、これでは成功確率が低すぎるため、『HGC』を工夫して飛行計画に組み込むしかない状況にある。

　こうなったときのために、カイエはある方法を考えていたようだが——

「決めた」

　カイエは短くつぶやくと、意を決した顔つきでバートに言う。

「やっぱり、『最終手段』しかないわ」

　その答えに、バートは驚いて聞き返す。

「できるの？」

「理論上は。あとで実験したいから手伝ってくれる？」

「もちろん。でも、あちらに提案して、どう思われるかだよね」

「反論されたら、説得しましょう。チェスで黙らせたみたいに、私の魔法でね」

と、カイエは悪戯《いたずら》な笑みを浮かべる。

先月、合同会議のために共和国へ行っていた際、親睦を深めるために国対抗でチェスの親善試合をやったのだが、カイエはひとりで相手を全滅させた。「手が読める」と語った彼女の強さが話題になり、負かしてやろうと意気込む者たちの行列ができるほどになった。

結果、カイエは五〇連勝し、共和国の人びとは彼女のコンピューターの知識と合わせて「『西の魔法使い』だ……」と畏怖《いふ》した。カイエ本人は『東の妖術師』を引き合いに出されて、恥ずかしそうによろこび、帰国の途に就いた。

そんなカイエの言う『最終手段』はまさに魔法だ。ただしバートには考えもつかない芸当なので、彼女の指示に従って助手をやるしかない。

カイエは最終手段を黙考しはじめたので、バートは引きつづき書類の整理をする。有人宇宙船センターから届いていた報告をパラパラとめくっていると、

「……ん？」

項目を見た瞬間、心臓がヒュンと縮んだ。

【『司令船・ミッションシミュレーター』における、『ＨＧＣ』のシステムダウンについて】

「な、なんで!?」

背中にぶわっと汗が噴き出す。システムダウンは重大案件だ。それが、どうして雑多な書類に紛れていたのか。

カイエが何事かと覗《のぞ》く。

「どうしたの?」

「マズいよ。トラブルがあったみたい」

カイエに報告を見せると、「エッ!」と目を丸くする。

急いで報告内容を確認する。

操縦者の名前はイリナ・ルミネスク。初回の訓練で、火災のトラブルが起きたようだ。

バートは苦笑いを漏らす。

「こんなところで彼女の名前を見るなんて……」

「厳しい洗礼を受けたのね……」

報告を追っていくと、システムダウンの原因が書いてある。

【――火災発生時、焦ったイリナ・ルミネスクは『DSKY《ディスキー》』を乱打し、飛行中にもかかわらず、プログラム『P01』を選択するという、ありえないミスを犯した! システムはクラッシュ。被害は、シミュレーション開始からの飛行データが飛んでいたのみ。物損はなし】

記述を読んで、バートは胸を撫《な》で下ろす。システムの重大な問題ではなかった。

「そりゃ、クラッシュするよね。飛行中に、『打ち上げ前の初期化』を打ち込むなんて。宇宙を飛んでいたはずなのに、地上にいることになったら、『HGC』も混乱しちゃうよ」

イリナの行為は子どもの悪戯《いたずら》レベルなのだが、疑うことを知らないコンピューターは指示されるがままに実行して、停止してしまったというわけだ。

カイエはフフッと吹き出す。

「イリナさん、火事でよほど慌てたんでしょうね。案外おっちょこちょいなのかしら。でも、こういう融通の利かないところがコンピューターって可愛《かわい》いな」

報告書で『ありえないミス』が強調されているように、訓練担当技師も呆《あき》れて、重大案件として報告しなかったのだろう。

「とにかくミスでよかった。イリナさんも人騒がせだなぁ」

と、バートは報告書を片づけかけて、違和感に襲われる。

ありえない……ミス？

いや、待て。

……実際に起きている。

もし、宇宙を飛行中に、同じ過ちを犯したら――

刹那《せつな》、首筋を冷たいものが撫でる。

「カイエ！」「バート！」

同時に口を開いた。カイエの顔は青ざめている。おそらく同じことを考えている。

バートは報告書をもう一度開く。

「どうする、これ。重大案件だよ」

ふつうに考えたら、訓練を重ねた宇宙飛行士が今回のミスを犯す可能性はない。

しかし、コンピューターに指示はできる。

押し間違いか何かで『P01』と打ち込み、飛行中にデータが初期化されれば、『HGC』は地球に帰還する軌道を見つけられず、宇宙で迷子になる。命に関わるトラブルが、いとも簡単に起きる。

カイエは椅子《いす》に深く腰かけて目を瞑《つむ》る。

「ちょっと考えさせて……」

カイエは頭の中で、チェスの先の手を読むように、事象を無数に分岐させる。バートはカイエの思考を邪魔しないように、息を潜めて待つ。

五分もすると、カイエはパチッと目を開けた。

「OK」

「解決できそう?」

そわそわするバートに、カイエは晴れやかに頷《うなず》く。

「実行前に阻止すればいいの。ソフトウェアに、エラー検出とリカバリ機能を追加する」

聞いたことのない機能で、バートは即時に理解できない。

「ゴメン、具体的にお願い」

「飛行中に『P01』を命じてしまったとき、『HGC』はエラーと判断して警告を出す。リカバリ機能というのは、状態を正常に戻すことよ」

「それ……コンピューターが、人間に歯向かうってこと？」

バートの頭に、ＳＦ小説のロボットの反乱が浮かんだ。

そういうものではないとカイエは説く。

「あなたがそう思うのは、『コンピューターは、人の指示を忠実に実行してくれる機械』という認識だからだよね。私自身も、さっきまではそう思ってた。でも、それだけでは駄目なんだと、イリナさんのおかげでわかったの。不可能な指示を出されたときの対応を、組み込まなきゃいけなかった」

コンピューターは、宇宙開発計画が最初の実戦であり、開発をしながら育てている。今回は運良く気づけたが、おそらく、未知の不具合がまだどこかに眠っている。それを探して、潰《つぶ》していくのもバートたちの役目だ。

カイエは勢いよく立ち上がる。

「さっそくプログラム作成の準備に取りかかりましょう！　アーロンさんが船長なら、こんなミスはしないでしょうけど、不安は取り除かないとね」

兄の名前を聞き、バートは虚を衝《つ》かれる。

「待って。第三ミッションに間に合わせようとしてる？」

「もちろん」

「無理だよ。見直しは、もう締め切りすぎてる」

「あぁッ……!?」

気づいたカイエは、絶望に呻《うめ》いた。

第三ミッションのソフトウェアは、合同会議での検討は終わり、ＡＮＳＡの計画調整役による評価を得て、運用計画の見直しは完了。すでにプログラム作成段階に入っており、規定上、追加も変更も不可能だ。

「つぎの第四ミッションにするしか――」

バートが言いかけると、カイエに遮《さえぎ》られる。

「教授に直訴しましょう!」

「えッ」

カイエは電話を取ると、部門責任者を務める教授に連絡する。

「――話を聞いてくれませんか!　お願いします!　今すぐ行きます!」

渋る教授から、カイエは強引に約束を取りつけた。

「バート、行こう!」

「ちょ、カイエ!　引っ張らないで!」

報告書を手に、教授の部屋へ急ぐ。

帰宅準備をしていた教授は、バートとカイエに対し、不快の色を顔に漂わせる。

「わかっていると思うが、すでに締め切った」

カイエは切々と訴える。

「エラーの回避で、事故を防げるんです。緊急措置として、何とかなりませんか」

説得を試みても、教授は首を縦に振らない。

「そんなもの不要だろう。宇宙飛行士は緊張感を持って業務を行う。『HGC』の操作は、説明板とリストに従ってキーを押すだけ。飛行中に誤ってデータを消すなど、ありえない。シミュレーターにはじめて乗った初心者と同じにしてはならん。帰りなさい」

突っぱねられても、カイエは食い下がる。

「ですが、誤操作の可能性はゼロではありません。ゼロでなければ一〇〇です。人間はミスをするというのが、この国の開発方針のはずです」

教授は何とも言えない顔で頭を掻《か》く。

「君の意見はわかる。それにエラー回避は、指摘されて、正直、目が醒《さ》めた気分だ」

「では、追加を！」

訴えても、教授は頑《かたく》なに拒む。

「何度も言うが、変更は締め切られている。追加したいなら、第四ミッションの運用計画に入れてくれ。第三ミッションは現状で進めるしかない」

傍《かたわ》らで聞いていたバートは、どうにか突破できないか考える。

教授自身、エラー回避は必要な機能だと認めている。それでも拒むのは、可能性が極めて低い事故のために、異国との面倒ごとを起こしたくないだけだろう。

バートは教授と面と向き合う。

「第三ミッションの船長は、兄のアーロンです」

「知ってるよ。だから、なおのこと安心だ。彼の指揮下で、押し間違いなんていう凡ミスは起きるわけがない」

「宇宙飛行中はいかに極限状態か、兄からいろいろと聞きました。地球上よりも遥かに過酷で、つねに緊張を維持していると言っていました」

「であれば、間違いは起きまい」

バートは首を横に振る。

「打ち上げから、帰還するまで、八日かかります。狭く、息苦しい宇宙船内で、二〇〇時間以上も集中を維持できますか？　宇宙酔いで頭がぼんやりしませんか？　兄は完璧に見えますが、珈琲《コーヒー》をこぼすこともありますし、段差で躓《つまず》きもします」

教授は軽くため息を漏らすと、腕組みをして黙り込む。

アーロンについてしゃべっているうちに、バートの胸中に不安が溢《あふ》れ、なんとか説得しなければという気持ちで頭を下げる。

「これは僕のミスです。こんな誤作動は起きないと思い込んでいました。もっと早く気づくべきでした。教授の仰るとおり、ミスをする確率は、極めて低いでしょう。ですが、万が一、守れるはずだった命を守れなかったとなれば、それは技術者として恥です」

カイエも頭を下げる。

「私たちの代わりに、命懸けで宇宙へ行く人たちに、安心と安全を与えることは、私たちの使命です」

教授は顎《あご》に手を当てて、重々しく唸《うな》る。そして長い息を吐くと、覚悟したように口を開く。

「わかったよ。ねじ込んでみよう」

「ありがとうございます！」バートとカイエは、声を揃《そろ》えて感謝する。

「だが、君たちは、二週間後から共和国で合同会議だろう？　それまでに、仕様書や概要が用意できていなければ、間に合わないぞ」

「私がやります！」

カイエが意気込みを見せると、教授は二度三度と納得したように頷《うなず》く。

「了解した。君たちが不在のあいだに、こちらでプログラムを組もう」

そう言って、教授はバートに目を向ける。

「バート、チームと職員を調整しなさい」

「承知しました！」

張り切るバートとカイエとは対照的に、教授は悩ましげにため息を吐《つ》く。

「ただ……この件を共和国にどう説明するか。厄介じゃないかね？　私はあの国の内部事情は全然わからないが、決定を覆したら、どういう反応が来る？」

想像すると、バートは憂鬱《ゆううつ》になる。つぎの合同会議ではスケジュールが間に合わない。電話で相手国のヴォルコフ所長を説得しても、「指導部の確認と許可が必要」と言われて資料を送付するハメになり、その確認には一週間以上かかるだろう。

協力関係はできていても、スムーズに事は運ばない。いい抜け道はないのだろうか。ヴォルコフ所長の合意を得た時点で、共謀して資料を隠蔽《いんぺい》してしまうとか——

「あっ……」

バートの頭を邪念が駆ける。相手に合わせて、同じ手を使ってもいいのではないか。やや卑《ひ》怯《きょう》な作戦だが、バートは思いきって口にする。

「相手の秘密主義に対抗して、隠しプログラムとして、勝手に入れてしまうのはどうですか？」

カイエはエッと声を漏らし、教授は眉間《みけん》にシワを寄せる。

「いけるのかね？」

バートは考えながら、慎重に答える。

「あちらの人びとは、『ＨＧＣ』特有のアセンブリ言語は理解しておらず、ソフトウェアの開発はこちらに一任してます。実装後のソースコードをわざわざ比較して確認するとは思えません。なので、素知らぬ顔で実装してしまえばよいかと……。エラー回避プログラムは、誤操作をしたときにはじめて動くものですし、悪意のあるものではないので」

「……カイエはどう思う」

教授に訊《たず》ねられたカイエは、少し複雑な顔をして答える。

「少し心が痛みますけど……彼の意見に賛成します」

「ふむ……目には目を歯には歯を、か」

教授はしばらく考え、納得して頷《うなず》く。

「……では、バートの案に乗ろう。運用計画上は、第四ミッションから入れる。裏では、第三ミッションから入れてしまえ」

同意を得ると、バートは芽生えた罪悪感を押し潰《つぶ》して、教授の部屋をあとにする。

校舎を出たところで、カイエは大きく安堵《あんど》の息を吐くと、満面のうれしさでバートの手をぎゅっと握る。

「ありがとう、バート！　秘密で仕込む案は、ちょっとびっくりしたけど……」

「絶対に入れるべきだと思ったから。でも、かなり急がないと間に合わない。合同会議用の資料も用意しないといけないし」

「二週間、泊まり込みになりそうね」

こんな厳しいスケジュールはいつ以来だろうと考えたバートは、Dルームに入った頃を思い出す。

「昔、デイモン部門長に無茶を言われて、ハリケーンの夜に死ぬ気でやったなァ……」

カイエは感慨深げな眼差《まなざ》しをバートに向ける。

「あなたには、すごく助けられた」

「あの頃は、パンチカード運びと、糖分の補給しかしてないよ」

「それでも、感謝してるの」

「ん、ありがと……」

あらためて言われると気恥ずかしくて、バートは目を逸《そ》らして歩き出す。

「泊まり込みの準備するために、一回宿舎に戻るよ」

「ねえ、バート……」

カイエは足を止めたまま、バートを見ている。

「ん……？」

「たまに思うの。もし、あなたがDルームに来ていなかったら、私たちはどうなってただろうって」

「どうって……？」

「DルームにはACE社の人が来て、ミアやみんなの居場所はなくなってた。私は今、『HGC』なんて作っていなくて、共和国にも行くことはなく、月影区《げつえいく》で月下美人を育ててた」

もしカイエに出会わなかったら。それは、バートもときどき考えていた。

「僕は、コンピューターに触れることはなく、広告塔になることもなく、宇宙飛行士の弟として見られるのがつらくて、ANSAを辞めて、望遠鏡で月を眺める人になってた」

街灯に照らされた道を、カイエはゆっくりと歩き出す。

「私たちの出会わなかった未来では、共和国が単独で月へ行くのかもしれない。連合王国かもしれない。どちらも失敗しているかもしれない」

そして、カイエはバートの隣に立つ。

「歩いたあとに、歴史はできる。私たちは今、歴史を作ってる。そして、この道を進むと、二か国で、月へ行く未来があるはずよ」

前を見ると、暗い夜道に、街灯が光の道を描き出している。その先には、満天の星が広がっている。

カイエは胸の前で両拳を軽く握る。

「がんばろうね！」

バートは両拳を握ると、カイエの両拳にコツンと当てる。

「最終ミッションまで全力でいこう」

「うん、もっと、その先も」

カイエの銀色の髪が、穏やかな夜風にさやさやと揺れて、尖《とが》った耳の先が見える。

彼女が言わなかった言葉を、バートは心の内でつぶやく。

二か国で、そして、人間と吸血種族で、月へ行く未来だ。

☽☽☽

教授への直訴から二週間が経ち、合同会議へ出発する日となった。

バートとカイエは不眠不休で作業をして、第三ミッションにエラー回避機能を付け足すための書類一式は完成させた。教授と研究ラボのメンバーにプログラム作業を預けると、慌ただしく代表団に合流し、共和国へ渡る。

ふたりとも疲労困憊《こんぱい》でふらふらだ。並行して、『HGC』の課題【三、コンピューターと、制御させる機器との結線を、どこまで行うのか】を解消するための準備をしていた。共和国には機材が揃《そろ》っておらず『最終手段』が実演できないので、あらかじめANSAの施設で撮影した一六ミリフィルムを持ち込む。カイエは気力も体力も限界だろう。

飛行機に乗るとき、カイエは宣言する。

「私、すぐに寝ると思う……」

そして宣言どおり、カイエは電池が切れたようにこてんと眠り、隣席のバートを枕代わりにして寄りかかってくる。周囲に代表団のメンバーがいるのでバートは恥ずかしいのだが、カイエがこの二週間まったく眠っていないのを知っているので、起こすに起こせない。そして、自分自身も睡眠不足なので眠りたいのだけれど、ふたりで寄りかかって眠るのは、起きたあとが気まずい。気にしすぎかもしれないが、気にしてしまう性分なのだ。

眠るのを諦《あきら》めて、バートは肩にカイエの体重を感じながら、会議のための資料を開く。

しかし、集中できない。彼女から香ってくる甘い匂《にお》いに、身も心もくすぐられる。シャンプーか香水かわからないが、とにかく落ち着かない。

代表団の視線も気になる。デイモン部門長が通りすがりにバートに目を留め、意味深な笑みをフッと投げてくる。

あぁ……。

バートはいたたまれない気持ちになるが、カイエに毛布をかけると、合同会議に向けて、計画の現状をあらためて確認する。

二か国での最初の挑戦となる『第二ミッション』の打ち上げまで、残り二か月半。準備は急ピッチで進んでいる。

各ミッションは、合同会議で作成した三種類の基本文書をもとに進行する。各ミッションに必要なハードウェアについての『技術提案書』、飛行に関するすべてを管理する『組織計画書』、作業ごとの進行管理をする『計画行程表』の三つだ。それらをもとに、専門分野ごとに人員を五つの作業グループに割り振る。グループ内でも作業は細かく分類され、ひとつの目標に向かって、組織的に動く。このプロジェクト管理手法はＡＮＳＡ独自のもので、共和国は戸惑《とまど》ったようだが、効率の良さを理解するとすぐに導入していた。

両国の連携はきっちり取れている。互換性のあるハードウェアは完成、機構部分の改良も完了し、スケジュールに遅れはない。

共和国の人びとは、連合王国の迅速な対応力に驚いていた。いったいどういう体制で共和国は開発をしてきたのだろうかと、バートは疑問を抱くが、実体は不明だ。

また、打ち上げから帰還までは、両国の管制センターは連携することになるので、宇宙飛行士と管制官の合同シミュレーション訓練も行われる。両国で同じ考えを共有できるように、手順書や活動計画書を書面化してある。

期日は迫り、いよいよ具体化してきた第二ミッションを想像すると、バートは目が冴《さ》えてくる。

バートたちコンピューター部門は、第三ミッションからが本番になる。

計画は概《おおむ》ね順調。

あとは相手が『最終手段』を認めるかどうか。今回の合同会議で議論し、同意を得られなければ、別の対策を講じねばならない。

しかし、きっと信じてもらえる。ＡＮＳＡの施設で撮影をしたとき、担当技師たちはカイエの手腕に驚き、拍手をしていた。だから、共和国の技術者と信頼関係さえ築けていれば、彼女の魔法を認めてくれるはずだ。試行錯誤を重ねて、やり遂げたときのカイエの笑顔は、何よりも素敵だった。

☽☽☽

バートたち代表団を乗せたバスは、街道沿いに群生する紫陽花《あじさい》を揺らして、森に囲まれた宇宙開発都市・コスモスク市へ向かう。

何回か来ていると、国の雰囲気にも慣れる。これから来ることになるＡＮＳＡの技術職員たちは、共和国という国家を恐れていたが、バートたちから体験談を聞くと、必要以上に怯《おび》えなくてもいいのだと理解し、安心していた。

鉄条網と兵士に守られた都市は、初見では牢獄《ろうごく》かと思ったが、今では世間から隔絶された安全地帯に感じる。もちろん息苦しさはあるけれど、〔運送屋〕は監視をしているだけで接触はなく、あの警備体制ならば連合王国を敵視して襲ってくる暴漢もいないだろう。

ホテルの前にバスが着けられる。バートは降りた途端に、爽《さわ》やかな森の空気に包まれる。七月半ばでもこの町は涼やかだ。

周囲に建設中だった連合王国用のアパート群は、すべて完成している。それだけではない。案内人によると、コンピューター用の施設や設備が一気に増強されたようだ。指導部が国家の未来に役立つと考えて、投資をしたらしい。

バートは共和国の実行力に驚く。会議の報告書の確認が遅いことが嘘《うそ》のように、力を入れる箇所のスピードは異常だ。指導部の命令のようだが、過剰なトップダウンは一歩間違えれば危うい感じもする。きっとここに、ミハイルの悲劇を生んだ原因があるのだろう。

ホテルで休憩する間もなく、不気味な目隠しバスで、合同会議の会議室に入る。共和国のヴォルコフ所長たちと再会の挨拶《あいさつ》を交わすと、雑談もなく、すぐに会議ははじまる。

まずは、第二ミッションの現況を確認する。

準備は順調で、当初のスケジュールどおり打ち上げへ進む。会議室は安堵《あんど》に包まれる。

議題はすぐに第三ミッションへ移る。バートは極秘で改良しているソフトウェアに触れられないことを祈り、話し合いに参加する。

早々にヴォルコフ所長から、課題の【三、HGCと、制御させる機器との結線】について質問が出る。

「この懸念は、どうなったのですか？」

バートはANSAでの検証結果を報告する。

「残念ながら、解消できていません。データセットや信号形式などの互換性がとれない機器があるため、『HGC』のみで制御するのは難しいです。すべてが結線可能なように作り替えれば問題は解決しますが、スケジュールは大幅に遅れ、さらなる予算が必要になるでしょう」

「無理だ。計画は破綻《はたん》する。ほかに対策はないのかね？」

「もちろん用意してます。これ以外にはないという最終手段です」

バートはカイエに目配せし、共和国側に資料を配布する。事前に送付すると疑問が噴出しそうだったので、提案と同時に見せることにした。同僚のデイモン部門長に話を持ちかけたときでさえ、半信半疑でなかなか理解してもらえなかったのだ。

そして、予想どおり、資料を読んだ共和国陣営は唸《うな》り、首をひねる。

ヴォルコフ所長は渋い顔つきで、疑問を投げてくる。

「この文面は――【カイエ・スカーレットを第四の搭乗員と位置づけ、『HGC』と接続しない機器を制御させる】……どういう意味ですか？　ロージナは三人乗りだが……」

皆の視線を集めるカイエは、方針をすらすらと説明する。

「宇宙飛行中の『ロージナ』との通信には、管制センターに設置した大型汎用コンピューター『ACE-α』を五台使う予定です。『ACE-α』によって、リアルタイムで速度や軌道などのデータがモニタリングされます。そのデータをもとに、私が機械と機械とのあいだを取り持つ通訳を行い、『ロージナ宇宙船』と『HGC』との互換を成立させます」

「え？　そんなことができるのか？」

　口をあんぐり開けた『黒竜電計』開発主任に向けて、バートは堂々と頷《うなず》く。

「本来の使い方ではなく、技術の応用です。『ＨＧＣ』を開発している工科大学では、このような行為を『ハック』と呼びます」

「……ハック？　初耳だ」

　カイエは真剣な顔で手順を説明する。

「具体的には、地上のコンピューターからの出力を、『ロージナ』の制御装置に入力する形で介入します。信号を送ったり、プログラムを流し込んだりして、適宜、制御を行います。これは、アナログコンピュータを積んでいた頃の共和国の宇宙船で、ハードウェアの物理的な結線《ハード・ワイヤード・ロジック》を、マイクロコンピューターを搭載した制御装置《プログラマブル・ロジック・コントローラ》によって処理していたことを応用し……あっ、これは私の推測なんですけど、合ってますよね？」

『黒竜電計』の開発主任は、面喰ったように瞬く。

「ハ、ハイ、正解ですが……ええと、つ、つまり……第四の搭乗員とは、あなたが地上から機器の操縦を手伝うということですか？」

「はい。ただ、宇宙船のハックを実行するには、私ひとりではなく、管制室の皆さんの協力が必要です。接続する機器の取捨選択や詳細な手順については、これから検討します」

　平然と語るカイエだが、共和国陣営からはざわめきが湧《わ》き、『黒竜電計』の開発主任は信じられないという顔をする。

「い、言うのは簡単でも、実際にやれるわけが……」

「証拠はあります」

バートは切り込んで、一六ミリフィルムのケースを見せる。

「彼女が実際に操作する様子を撮影してきました。宇宙ではなく、地上での実験ですが。こちらの国に高性能コンピューターはなく、機材も自由に使わせてもらえそうにないので、用意したんです。上映できる場所を貸してもらえませんか」

突然の申し出に共和国の技術者たちは戸惑《とまど》うが、ヴォルコフ所長の「まずは見てみよう」というひと言で、構内の映写室に移動する。


小さな映写室で、皆が注目する中、フィルムを上映する。

真っ暗闇《くらやみ》の中、スクリーンに、ANSAの管制センターのコンピュータールームが映る。カイエは『ACE-α』のオペレーター用制御卓《コンソール》の前に立つ。制御卓は巨大で、縦一メートル、横二メートルもある。一六のブロックで構成されたパネルに、無数に並んだトグルスイッチ、ローラーノブ、メーター。レジスタを示す大量のランプが赤、白、橙に点滅する。

共和国の技術者たちにとって、喉《のど》から手が出るほど欲しい機械だろう。羨《うらや》むような視線で、感嘆のため息を漏らしている。

スクリーンの中のカイエは、データを見て、手早くシステムに入力し、機械のように無駄のない動きで、周囲のオペレーターに的確に指示を出す。同時録音ではないので音声はなく、カイエは無声映画の弁士のように、配布した資料に沿って説明する。共和国の技術者たちは、資料と映像を見比べ、ひたすら唸《うな》る。

場面は技術試験場に変わる。『ハイペリオン宇宙船』で使用している制御装置が遠隔操作によって動き、スイッチが入りランプが点灯する。宇宙飛行中の様子を映したわけではないので、映像自体には、説得力はあまりない。じつのところ、エラー回避プログラムの書類作成に時間を取られ、たいしたものは用意できなかった。時間がない中でできる最善策が、実演風景の撮影だ。

それで大丈夫だろうかと、バート自身、撮影する前は半信半疑だった、しかし、不思議なことに、暗闇《くらやみ》の中でカイエのオペレーションを見ていると、スクリーンの枠外に広がる暗闇は宇宙となる。それは未知の機械を操るカイエの魔法だ。小さな映写室は宇宙となり、月へと飛行する宇宙船が幻想のように浮かぶ。カイエの頭の中に創造された宇宙空間が伝播《でんぱ》して、皆に共有される――

上映が終わり、明かりが点《つ》くと、現実に引き戻される。共和国の人びとは映像を観る前よりも多弁になり、真剣に悩んでいる様子で、隣の者と話し合う。

しかし、さすがに映像だけでは承諾してくれない。ヴォルコフ所長は顎《あご》に手を当て、カイエに問う。

「第四の搭乗者という意味と、ハックという方法は理解しました。だが、もし、本番であなたがミスをしたら、どうなります？」

カイエは迷いなく答える。

「即座にリカバーします」

「それはそうでしょうが、そのあと宇宙船がどうなるか。安全無事に、成功まで導かれるのか……判断する根拠がありません」

もっともな意見をぶつけられる。

それでもカイエは動じず、真《ま》っ直《す》ぐに見据える。

「私からは、信じてくださいとしか言えません」

「しかしな……」

バートは口を挟む。

「ほかに方法は見当たりません。技術者や管制官、地上にいる人びとの力を合わせ、カイエをその代表として置き、地上のコンピューターから、宇宙船を援護する。この技術介入を『最終手段』として提案します」

デイモン部門長たちは、共和国の人びとと無言で対峙《たいじ》し、訴えるような視線を浴びせる。

カイエはヴォルコフ所長に強く訴える。

「本番でミスをしないように、全力で訓練を重ねます」

ヴォルコフ所長は無愛想に頷《うなず》く。

「気持ちはわかりますが、あなたに任せるということは、宇宙飛行士たちの命や『サユース計画』全体の成否も預けることになる」

カイエはじっと見つめ返す。

「それは、宇宙船の操縦をレフさんやイリナさんに預けることと同じではないですか？」

「それとは違うでしょう」

カイエは責めるのではなく、ただ純粋に疑問をぶつける。

「何が違うのですか？　私が連合王国の者だからですか？」

ヴォルコフ所長はやや呆《あき》れ気味に答える。

「そうは言ってない。あなたがコンピューター部門の要《かなめ》であり、秀でた能力をお持ちだとわかってます。しかしね。遙《はる》か彼方《かなた》を飛ぶ宇宙船に、地球から技術介入するなど、聞いたことがないんですよ」

カイエは深く頷く。

「そのとおり、前代未聞です。でも、それは当然ですよね。だって私たちは、史上初の挑戦をしているのですから」

ヴォルコフ所長はハッと息を呑《の》む。ほかの技術者たちも、険しかった表情が揺れる。

カイエは明朗に語りかける。

「共和国の皆さんは、これまで前代未聞の偉業をいくつも達成してきましたよね。人工衛星を宇宙に飛ばして、史上初の宇宙飛行や宇宙遊泳を行い、世界中の人たちを驚かせた。私も心底びっくりしました。皆さんは、私にとって目標でした。でも、皆さんの素性は何も公開されないから、どういう人たちなんだろうと想像していました。『東の妖術師』は、いったい何者なんだろうとも」

ヴォルコフ所長は目を伏せ、しかめ面で考え込む。

カイエは情を込めて皆に語りかける。

「これまで、成功の確信がある挑戦なんて、一度もなかったはずです。悲劇が起きてしまったのは、望まぬ打ち上げだったのではないでしょうか？　私たちの国でも、強引な競争のせいで、悲劇は起きました。月への挑戦などやめるべきという人はたくさんいますし、その意見を否定はできません。でも、私は最後まで戦いたい。同じ夢を持つ皆さんといっしょに、皆さんの作り上げた宇宙船で、月面着陸を達成したいんです！」

静観していたデイモン部門長はすっくと立ち上がると、身振り手振りを交え、ヴォルコフ所長を説く。

「最終手段は、皆さんに否定されるとわかったうえで、提案した。我々は、長年、彼女を間近で見てきた。そして我々は、類い希な才能と、卓越した技術を持つ彼女にかける意志を固めた。納得できないならば、代案を出していただきたい」

決断を投げかけられたヴォルコフ所長は、仲間の技術者たちを見回して、ひとりひとりの表情を確認する。バートは、黙って共和国陣営を見つめる。カイエならできる、信じてくれ、と。

ヴォルコフ所長は、あらためてデイモン部門長と向き合う。

「今この場では、即答はできない。持ち帰って検討するので、明日まで待ってほしい」

「承知」とデイモン部門長は腰を下ろし、カイエはヴォルコフ所長に向けて柔らかく微笑《ほほえ》む。

「ありがとうございます！　では、つぎの議題に進みましょう」

決定ではないが、ヴォルコフ所長たちは認めてくれるとバートは確信する。カイエの話を聞いていた技術者たちの顔は真剣で、『黒竜電計』開発主任も、最初の会議では敵意を向けてきた姿勢制御システムの主任設計者も、何度も頷《うなず》いていた。

☽☽☽

技術介入の話のあとは、過熱する議論は起きず、進捗《しんちょく》の確認、方針の決定を行い、一日目の会議は順調に終了した。第三ミッションのソフトウェアについては話に上がることもなく、完全に任されているようで、バートは解放された心地になった。

ホテルに戻る頃にはすっかり夜になっていて、連合王国の代表団はそのまま食堂に入る。

毎日の献立は決められていて、共和国の家庭料理を自然と覚えてしまう。肉や脂でぎとぎとした連合王国の食べ物に比べると野菜が多く、質素で、バートは合宿するたびに健康になっている気がする。

細切れの野菜がたくさん入った冷製スープに、カイエはマスタードを大量に投入する。べつの料理と化すが、彼女にとっては通常だ。最初はおかしな食べ方をしない方がいいのではないかと気にしていたけれど、慣れてくると、どうでもよくなってくる。

バートとカイエは向き合って腰かけ、ハックの件について話す。

「カイエに地上から遠隔操作されると兄さんが知ったら、驚くだろうな。でも、兄さんがコンピューターに理解のある人でよかったよ。こんなこと言うのはアレだけど、第二ミッションのスティーヴさんだったら、気味が悪いって怒りそう」

バートが小声で言うと、カイエは苦笑いを浮かべる。

「でも、やるとなったら本当にミスは絶対に許されないし、長時間集中してないといけないから、バートには付きっきりでいてもらわなきゃ」

「角砂糖を大量に用意しておくよ。あと、熱い珈琲《コーヒー》や、階段に気をつける。傷薬と絆創膏《ばんそうこう》と、君とぶつかってメガネが壊れてもいいように、一〇本くらい予備を置いておこう」

「冗談を真顔で言うのやめてよ……」

「わりと本気。共和国で転んでないのが奇跡だよ」

「……」

カイエは照れ臭そうにプイッと目を逸《そ》らし、黒パンにイクラをのせてモグモグと食べる。こうして話していると彼女は本当にふつうで、彼女の腕に偉業の達成がかかっているとは思えない。恐ろしいほどの重圧があるはずだけれど、気負いなど微塵《みじん》も見せない。

そしてまた、自分は彼女の魔法にどのくらい貢献できるのだろうかと、バートは感じてしまう。ひょっとしたら、本番では、自分の方が重圧に負けてしまうのではないかと、少しだけ弱気が芽生えてしまった。


遅い夕食を終えると、バートはカイエと別れて、自室に入る。

シャワーを浴びたあと、明日の会議に備えて資料を読んでいると、ドアがコンコンとノックされる。

時計を見ると、もうすぐ二三時半だ。

こんな時間に誰だろうか。まさか、カイエがまたシャワーが壊れたとかで、助けを求めているのではないか。

コンコン——再びノックされた。

「はい！　ちょっと待って」

バートはガチャリとドアを開ける。

「……ッ!?」

目の前に立っていた人物を見た瞬間、心臓がバクンと鳴った。

「お静かに。国家保安委員会です」

〈運送屋〉だ。

「バート・ファイフィールド氏。ご同行願います」

名を呼ばれ、全身の血液が凍る。

自分がいったい何をした？　何があった？　どうして？　混乱に襲われ、反応できずにいると、男の声は刺すような鋭さを帯びる。

「ご同行願います」

従うしかない。

「ハ、ハイ……」

絞り出した声は、極度に震えていた。

連行の理由も教えられないまま、バートは着の身着のまま裏口から連れ出され、黒い車の後部座席に乗せられる。

車内にはもうひとり〔運送屋〕と、怯《おび》えた表情のカイエがいた。薄手のパジャマに、上着を羽織っている。彼女も不意を打たれたのだろう。

「カイエ――」

「会話は禁止です」と、車内にいた〔運送屋〕に忠告される。言葉遣いや態度は丁寧だが、血も涙もない機械のような印象を受ける。

窓がカーテンで閉ざされた車は静かに動き出し、目的地も告げずに走ってゆく。


一〇分ほど走り、車は停まる。

「外に出てください」と〔運送屋〕に指示され、バートとカイエは車を降りる。そして、無機質なコンクリート造りの建物に入れられる。一瞬見えた外の景色からすると、合同会議を開いている区画だろうか。場所は不明だが、街の外には出ていないようだ。

バートとカイエは〔運送屋〕について、細長い廊下を奥へ奥へと歩いて行く。途中で、ふたりの〔運送屋〕の男が無言で合流してくる。カイエは頬《ほお》が強張《こわば》り、表情を失っている。バートは鉛を飲み込んだみたいに胃が重い。

ふたりは窓のない小部屋にとおされる。

スチール製のテーブルと椅子《いす》だけが設置された冷たい空間。警察の取り調べ室のようだ。

「――座って」

部屋の死角から女性の声が聞こえて、バートは飛び上がるほど驚く。

金髪を後ろで束ねた女性が、飴《あめ》の缶を手に、深緑色の瞳《ひとみ》をこちらに向けている。この女性を、バートはニュースで何度か見たことがある。以前にジェニファーが「偽名で留学していた」と訝《いぶか》っていた、最高指導者ゲルギエフの秘書官、リュドミラ・ハルロヴァ。

その人が、なぜここに……。

心臓が口から飛び出そうな緊張の中、バートとカイエは横並びで椅子に座る。

リュドミラは部屋の隅から観察しているだけで、バートたちの前には、壮年で痩《や》せぎすの〔運送屋〕が腰を下ろす。骸骨《がいこつ》のように窪んだ目に、濁った瞳が鈍く光っている。

身構えるバートに、痩せぎすの男は温度のない声で問う。

「『HGC』というコンピューターについて、質問がある。我らの承諾を得ていないプログラムを組み込もうとしているというのは、本当か？」

ガツンと脳を打たれる。カイエもハッと息を呑《の》んだ。

なぜ知っているんだ？

まさか、工科大学に、諜報員《ちょうほういん》がいた？

そう思った刹那《せつな》、背筋が寒くなる。そこにいるリュドミラがまさに、大学に紛れていた事例ではないか。

大変なことをしてしまったとバートは悔いる。共和国陣営はコンピューターに疎いと見て、隠しとおせると考えた自分はなんと愚かだったのか。

瘦《や》せぎすの男は言葉を繰り返す。

「本当か?」

黙っていると追及される。完全に疑われている。カイエに狼狽《ろうばい》した視線を向けられる。

どうする?

発案者は自分だ。どうにかしなければ。

バートはなんとか平静を取り戻そうと、鼻から大きく息を吸い込む。

そうだ、エラー回避のプログラムは悪いものではない。誤魔化《ごまか》さず、正直に話せばいい。

「本当です。許可を得ず、申し訳ありませんでした」

「何が目的だ?」

「疑われているようですが、不審なものではありません。プログラムは、誤操作でのクラッシュを回避するための改善です」

瘦せぎすの男に濁った瞳《ひとみ》を向けられながら、バートは経緯と事情を、洗いざらい打ち明ける。

危険性に気づいたのが遅く、合同会議で検討していると打ち上げに間に合わないため、やむを得ず、勝手にやったこと。また、つぎのミッションの運用計画には載せるつもりだったこと。

悪意はいっさいないこと――

きちんと説明したいのに、緊張でしどろもどろになってしまい、言葉につかえるたびに、手のひらに汗が滲《にじ》む。

バートが必死に訴えても、痩せぎすの男は表情をまったく変えない。

「不審なプログラムを混ぜ込み、ハックという聞き慣れぬ胡乱《うろん》な行為で、我々の機密情報を奪い取り、極秘での送信を企てているという疑いがある」

「誤解です！　そんなことはしません！　宇宙飛行士の命を守るための改良です！」

「我々には解読できない、不可思議な文字の羅列だ。何とでも言えよう」

この調子では、どれだけ説明しても、説得は難しい。

バートが口を閉ざすと、押し黙っていたカイエが反論を試みる。

「彼の説明どおりです。安全性を高めるための追加で、機密を奪うつもりなど、いっさいありません。ちゃんと解析してください」

痩せぎすの男は表情を険しくして、威圧的にカイエを睨《にら》む。

「新血種族の女。貴様が開発の中心なのだろう。不可解な言語を弄《ろう》し、諜報《ちょうほう》、破壊活動を行うつもりだな、人外が」

この男は、連合王国や新血種族に対して敵意を抱き、信用する気が欠片《かけら》もない。両国の関係改善など望んでいないのだろう。

「人外よ。不審物を搭載して、何を企てている？」

カイエは悔しげに唇を噛《か》み、膝《ひざ》の上で拳《こぶし》を握りしめる。

彼女が不眠不休でがんばって仕上げたものをコケにされる。自分よりずっと優秀なのに、人外扱いされる。バートは腸《はらわた》が煮えくりかえる。

しかし、どうしたらいい。

どうしたら信じてもらえて、解放されるのか。

助けを求めたくても、誰もいない。弁解は蹴《け》られ、一方的に罪人にされる。これが、共和国か。不要な者は消す、渡航前に想像していた恐怖の国家。

その中枢にいるリュドミラを、バートはそっと窺《うかが》う。

彼女は、口の中で飴《あめ》を転がしながら、不気味なほど静かにしている。感情も考えも読み取れず、バートは怖気《おぞけ》立つほどの不安を覚える。

瘦《や》せぎすの男はリュドミラに確認をする。

「同志ハルロヴァ。ふたりを拘束しますか」

——拘束。

カイエがビクッと震えた。

バートは猛省する。こうなってしまったのは、規定違反の提案をした自分の責任だ。今朝の合同会議で、カイエの技術介入を検討してもらえるところまで進んだのに、自分のせいで、カイエまで悪者にされてしまう。もし彼女が拘束されて計画から外されたら、ソフトウェアの開発は滞り、月面着陸は不可能になる。多くの人たちが望んでいた二か国での協力体制も、台無しになる。

自分の軽率な提案のせいで、皆の夢が消えてなくなる。

馬鹿だ。

それは、絶対に避けなければいけない。

せめてカイエだけは救わないと——

バートは怯《おび》えを飲み込んで、痩せぎすの男とリュドミラに顔を向ける。

「正直に言います。あなた方が隠蔽《いんぺい》や捏造《ねつぞう》をするので、こちらも隠しても問題はないと判断し、僕が秘密でやろうと提案をしました。プログラム作成チームを編成したのも、ハックを提案したのも僕です」

痩せぎすの男はぎょろりと睨《にら》んでくる。リュドミラは不気味な微笑を浮かべる。

カイエが驚いた顔を向けたことにバートは気づくが、目を合わせず、そのまま相手を見て話す。

「すべての責任は、僕にあります。カイエに罪はありません。もし尋問をするのならば僕だけで十分です」

「バート……!?」

悲痛な声を上げるカイエをバートは一瞥《いちべつ》し、今は黙っていてほしいと目で語る。そして再び、相手を説得にかかる。

「僕がこの場に残ります。彼女は解放してください」

しかし、瘦《や》せぎすの男は首を縦に振らない。

「それは難しい。その女が、すべての仕組みを作っているのだろう」

「そうです。彼女は『サユース計画』の要《かなめ》です。彼女がいなければ、両国の国家事業は潰《つぶ》れる。僕の代わりなどいくらでもいるけど、彼女の代わりはいない」

「バート――」カイエが何か言おうとするが、バートは声を張ってかき消す。

「彼女は僕の要請に応じただけです！　彼女は現場に必要なんです！　だからどうか解放してください！」

身を乗り出し、瘦せぎすの男を見据える。

すると瘦せぎすの男は、懐から伸縮式の警棒を取り出し、目いっぱいに伸ばした。

「騒ぐな」

バートの眼前に、警棒の先端が向けられる。

「！」

「かばい立てするのは怪しい。まずは女を拘束する」

「そんなっ……！」

めちゃくちゃだ。

痩せぎすの男はリュドミラに目を向け、確認を取る。

リュドミラは獲物を狙《ねら》う山猫のような目つきで、バートとカイエを観察する。

バートは全身の力が抜ける。悔しくて、瞳《ひとみ》がじわりと潤んでしまう。こちらを見ているカイエに顔を向けられない。

こんなことで、終わるなんて……。

部屋の外に複数の足音が響き、扉が外から強くドンドンとノックされる。

「入ります」としゃがれた声が聞こえると同時に、ドアが開かれる。

バートは拘束されるのだろうと拳《こぶし》を握りしめ、ドアに恐る恐る目をやる。

入ってきたのは、杖をついたヴォルコフ所長に、『黒竜電計』の開発主任、ほかにも見知った技術者たちがぞろぞろと五名つづいて入室する。

何事かと、バートは混乱する。

だが、バートよりも痩せぎすの男の方が輪を掛けて驚いており、声を荒らげる。

「君たちは何だ！」

ヴォルコフ所長は、痩せぎすの男が手にしている警棒を見て一瞬眉《まゆ》をひそめるが、落ち着いた声で言う。

「そこのふたりが連行されたと知って、気になって見に来た。彼らが何をしたんです？」

「コンピューターに、未承諾の不審なプログラムを搭載した」

「今、何と……？」

「拘束するところだ」

このままでは誤解されてしまう。

バートはとっさに声を張り上げる。

「ですから、違います！　安全性を高めるための改良で――」

痩《や》せぎすの男が警棒を向けてくる。

「貴様は黙っていろ」

ヴォルコフ所長は困惑しきって両手を広げる。

「どっちが本当なんだね！」

カラン！　と鋭い金属音が響く。

リュドミラが、飴《あめ》の缶をテーブルに置いた。

「騒がしい」

そのひと声で、場が静まる。

「私が話す」

リュドミラに制された痩せぎすの男は、素直に従って一歩下がる。

そして、リュドミラはバートが話した事実を、過不足なく客観的に、ヴォルコフ所長たちに伝える。

事情を把握したヴォルコフ所長は、瘦せぎすの男に、はっきりと告げる。

「私は、連合王国のふたりの言い分を信じます」

「君は何をッ！」

不満を露《あら》わにする瘦せぎすの男を、ヴォルコフ所長は懇々と諭す。

「業務に関わっていないあなたは知らないでしょうが、月面着陸を達成するために、『ＨＧＣ』はなくてはならない重要なものです。そこに余計なプログラムを組み込むとは考えられない。仮に、連合王国の情報機関が彼らに命じたとしても、ふたりは断固拒否するはずです」

瘦せぎすの男は引き下がらず、気色ばんで反論する。

「合同会議での承認もなく改変するのは、許していいのか」

「それは看過できません。ですが、打ち上げに間に合わせるための緊急措置であれば、仕方がないでしょう。そもそもの問題は、こちらの承認に時間がかかりすぎることにある。デジタルコンピューターに疎い軍部や指導部の許可が必要という点は、甚《はなは》だ疑問です」

ヴォルコフ所長はリュドミラを横目で確認し、見解を求める。リュドミラは眉《まゆ》を少し上げると、まるで聞いていないような顔をして、飴玉を口に放る。

ヴォルコフ所長は再び瘦せぎすの男を説く。

「いいですか。まず第一に、コンピューターについては、我々よりも、あちらの方が知識も技術も優れている。その技能を正しく使うのであれば、異論はない」

瘦《や》せぎすの男はしつこく抗《あらが》う。

「では、その正しさを証明してみよ」

ヴォルコフ所長の声に苛立《いらだ》ちが混じる。

「そもそもあなたは、プログラムとは何か、わかっているのか？　宇宙船に何を搭載すれば、どういう機密が奪えると？　答えなさい」

瘦せぎすの男は答えられず、不快そうに顔を歪《ゆが》める。

ヴォルコフ所長は杖をドンと突く。

「知識がないのであれば、口を出さないでいただきたい。現場外の不理解が、同志ミハイル・ヤシンの死を招いたのだ」

ヴォルコフ所長につづいて、『黒竜電計』の開発主任も瘦せぎすの男に言う。

「バート君もカイエ君も、我々の環境に合わせて、文句のひとつも言わずにやってくれている。代表団のほかの者たちも、疑わしい行為をするような輩《やから》はいない。恥ずべきは、プログラムを見せても解読不能だろうと思われてしまった、我々の無知です」

擁護してくれていることにバートは驚き、カイエと目を合わせる。共和国の内情にはくわしくないが、リュドミラや〈運送屋〉への抗議は危険ではないのか。

バートの心配をよそに、ヴォルコフ所長をはじめとした技術者たちは、瘦せぎすの男を囲む。

「国家事業の『サユース計画』を成功させるには、連合王国の力が必要です。同志二名の解放を求めます」

　瘦せぎすの男はギリリと歯噛《が》みする。

「同志だと？」

「月を目指す同志には違いない。解放を」

「貴様ら……」

　瘦せぎすの男が警棒を握りしめると——

「解放していいよ」

　と、リュドミラが割って入る。

「疑いは晴れたでしょ。はい、解散」

「同志ハルロヴァ!?」

　仰天する瘦せぎすの男に向けて、リュドミラは冷たく言い放つ。

「同志？　誰が？　私、愚か者とは同志じゃないわよ」

「っ……そ、それは!?」

「私、何度も言ってるよ。有能な者や、価値ある者を私情で殺すなって。処分すべきは、誤情報を送ってきた無能な諜報《ちょうほう》員よ。解散」

　さばさばと振る舞うリュドミラは、去り際、バートとカイエを振り向く。

「史上初の偉業、期待してるわ」

そう言い残すと、部屋を出て行く。

リュドミラという女性の素性はわからないが、敵ではないようだとバートは感じる。それと同時に、敵に回してはいけない絶対的な権力者だという恐怖も抱いた。

無事に解放されたバートとカイエは、ヴォルコフ所長たちの乗ってきたマイクロバスに同乗し、ホテルに向かう。目隠しのない車両なので街の景色を見られるが、バートは見ない。カイエも硬い表情のまま、床に目を落としている。

ヴォルコフ所長は安堵《あんど》を浮かべて、バートたちに言う。

「警戒していて良かったよ。共同事業を快く思っていない連中がいるのは、小耳に挟んでいたのでね」

「でも、どうして助けてくれたんですか」

「どうしても何も、〔運送屋〕に言ったとおりだ。それに……」

ヴォルコフ所長は表情を暗くする。

「今まで、わかっていても助けられなかったことが多かった。あらぬ疑いをかけられて、何人も消えていった。わざわざこんな場所まで来てくれているあなた方を、同じ目に遭わせてはいけない」

どれだけ危ない状況だったのか。バートは今になって肌が粟立《あわだ》つ。

うつむいていたカイエは顔を上げて感謝する。

「所長、本当にありがとうございます」

ヴォルコフ所長はバツが悪そうに、いやいやと手を振る。

「はじめは、あなた方を警戒していた。連合王国から来るというだけでも思考がわからず、とくにカイエさんは、この辺りでは見かけない新血種族だ。人間と小競り合いをしているニュースの印象しかなく、しかも、我々よりも優れた技術を持っているときたら、どう対応していいのかわからない」

カイエは苦笑まじりに返す。

「こちらはこちらで、共和国は怖いところだという印象でした」

痛いところを突かれたというふうに、ヴォルコフ所長は薄くなった頭を掻《か》く。

「うむ、それはそのとおりだ……。私の口からは何も言えませんが、例の非合法書籍に書かれた内容は、だいたい合っている……と考えていただければ」

言いにくそうに、ヴォルコフ所長は教えてくれた。現場は、上から無理を強いられてきたのだろう。

ヴォルコフ所長は表情を明るくして、カイエに言う。

「ところで、あなたが『第四の搭乗者』になる件ですが、あのあと話し合いました。こちらの機材や施設を使えるようにするので、目の前で実演してくれませんか？」

「ええ、もちろんです」

カイエはにっこりと微笑《ほほえ》む。

話しているうちに、バスはホテルに着く。真夜中なので、実演の詳細は会議で決めることになり、バートとカイエは降車しようとする。

――と、バートはヴォルコフ所長に声をかけられる。

「失敗の隠蔽《いんぺい》は、恥ずべき行為です。しかし、我々には、事実を公表する力もなければ、機会もなかった。これは謝ります」

「では今後は失敗なく、成功だけを目指しましょう、同志の皆さん！」

バートが思いきって口にしてみると、共和国の一同はフッと快い微笑を浮かべ、「おう、同志よ」と返す。ヴォルコフ所長は目を細める。

「成功させよう、連合王国の同志よ。ただしチェスに関しては、敵だ」

皆から視線を浴びるカイエは、「挑戦、待ってます」と笑った。

ホテル内は静かで、物音ひとつ聞こえない。代表団の皆は、騒動を知らずに寝ているのだろう。〔運送屋〕に拘束されかけた件を、デイモン部門長に報告に行くべきか迷う。しかし、リユドミラの采配《さいはい》で決着はついたので、合同会議の前に、ヴォルコフ所長同席で話すことに決める。カイエも「それでいい」と同意したので、自室へ向かう。

もう〔運送屋〕は現れないはずなのに、暗闇《くらやみ》や物陰が少し怖い。カイエをチラと見ると、不安そうに瞳《ひとみ》を揺らしている。

万が一に備えて、今夜だけは、ひとりにしない方がいい。

「……何かあったら怖いし、よかったら、部屋に来る？」

バートが声をかけると、カイエは迷う素振りもなく、こくりと頷《うなず》く。


バートの部屋は、〔運送屋〕が来たときのままで、着替えや資料が散らかっている。それらを急いで片隅に放り投げ、カイエを迎え入れると、小さくて固いソファに座る。狭くて、少し動くだけで肩と肩がぶつかる。

うつむいているカイエに、バートは話しかける。

「このソファ、ひとり用かもね……」

「そうかも……」

「実演、急な依頼だけど、がんばろう」

「うん……」

「でも、同志と呼ばれたの、びっくりしたけど、うれしかったな……」

「そうだね……」

すぐに会話は途絶える。

カイエは元気がない。チェスの話をしたときの笑顔は、共和国の人たちに対して気を遣ったのだろう。バートも疲れ果ててしまった。一日くらいゆっくり休みたいところだけれど、明朝には会議がある。夜も更けているし、早く寝た方がいい。

「僕はここで寝るから、君はベッドを使っていいよ」

「え……?」

カイエは哀《かな》しげな瞳《ひとみ》をバートに向ける。

その反応に、バートは失言したのかと焦り、早口で釈明する。

「あっいや拉致《らち》した連中が怖いから朝までこの部屋にいるのかと。だってベッド狭いしふたり乗ったら片方転げ落ちるしアハハ……」

「ううん……」

カイエは目を伏せる。

狭い部屋は、気まずい沈黙に満ちる。

バートは何をしゃべったらいいのかと迷い、メガネを無意味に外したり、そわそわと膝《ひざ》を動かしたりしていると、カイエはぽつりぽつりと話しはじめる。

「……二十一世紀博覧会のときのこと、覚えてる?」

「ん?」

「あのときも、ホテルの部屋で、こうしてふたりで話したよね」

「うん、覚えてるよ」

　この狭いホテルとは真逆の、豪華な五ツ星ホテルだった。核戦争が起きそうになり、夢は終わるのだと、ふたりで絶望した。けれど、そこで上を向いて、月を追いかけてきた。

　カイエは自分の左手を見つめ、白く細い小指を静かに立てる。

「同じ夢を叶えるって、誓ったよね……」

　バートはしっかりと頷《うなず》く。

「誓った。ピンキー・ブラッドで」

　互いの小指に傷をつけ、血を舐《な》め合う、新血種族の誓いの儀式。指先をカイエの牙《きば》に貫かれたときの鈍い痛みや、鉄のような血の味が蘇《よみがえ》る。

　当時のことを思い出して、バートが左手の小指を見ていると、カイエは切なげな声を出す。

「同じ夢、まだ見てるよね？」

「え？」

　意外な問いを投げかけられ、バートは思わず声を漏らした。

　月着陸に向けて、ふたりで邁進《まいしん》しているはずだ。それなのに、今の訊《き》き方からすると、疑われている。しかし、どうしてそんなことを訊かれるのか、理由がわからない。

「……見てるよ。月を目指して、宇宙の旅をするって」

思ったままを答えると、カイエは首を横に振る。

「あなた、自分の代わりはいくらでもいる……って言った」

いきなり言われて、バートは首をひねる。

「……えっと？　いつ」

「さっき。捕まってたとき」

カイエに言われてようやく思い出す。

「あれは……せめて君だけは助けたくて……。実際、僕が拘束されたとしても、誰かが引き継いでくれれば業務は回るから」

カイエは恨みがましい目つきでバートを見つめる。

「どうして、そういうこと言うのかな」

「ご、ごめん。でも、誤解しないで。今の役割を軽く考えてるわけじゃない。あのときは、そう言わないと、解放されないかと思って――」

「代わりなんていないの」

カイエは瞳《ひとみ》を潤ませる。

「あなたの代わりなんていないんだよ……」

涙の浮かんだ瞳で射貫《いぬ》かれ、バートは言葉が継げなくなる。

「あなたは、腕を噛《か》んで吸血をしていた私から逃げないで、私の人生を作ってくれた。そんな人、あなたしかいないんだよ……」

カイエの頰《ほお》を大粒の涙が伝う。

「……私は、あなたといっしょに夢を叶えたかった。同じ目線で月を見て、同じ未来を夢見ていたかった……」

ようやく真意がわかり、バートは唇を嚙む。

年月が進むあいだに、少しずつ、すれ違っていた。カイエは特別な存在で、自分は交換可能な部品だと、バートは無意識に思っていた。その考え方が、知らず知らずのうちに、彼女を傷つけていた。自分を下に置く悪い癖は、宇宙飛行士の兄と自分を比べていた頃と、何も変わっていない。

「ごめんなさい、重いよね……」

カイエは涙をぬぐって、無理やり笑顔を作る。

「明日から、また、がんばろうね！」

強がっているが、声は震えて、涙も止まらない。バートは、そんなカイエを前にしていると、いてもたってもいられず、彼女の腕を取り、ぐいっと引き寄せる。

カイエはビクッとして硬直したが、きつく抱きしめると、身体《からだ》を預ける。首筋が彼女の涙で濡《ぬ》れるのを感じながら、バートは溢《あふ》れ出そうな感情を抑えて、少しずつ告げる。

「謝るのはこっちだよ。本当に、自分が情けない……」

カイエはバートの肩口でしゃくるように鼻をすする。

バートはカイエの背中を撫《な》でながら、率直に語りかける。

「でも、君が特別だという考えは捨てない。だって、君は誰もが認める才能を持っていて、僕自身、君を特別だと思い、尊敬しているから。その気持ちを否定したら嘘《うそ》になる。だから、僕も君に相応《ふさわ》しい人になれるように、精いっぱい生きる」

バートはカイエの両肩に手を置いて、向き合う。

「仕事上のパートナーとか、月を目指すのが第一とか、言い訳を作って目を逸《そ》らし、言葉にしないで済まそうとしてた。そういう人生は今日までにする」

目を真っ赤に腫《は》らしたカイエに、想いをぶつける。

「君が好きだ。何歳になっても、同じ夢を見よう」

カイエは唇をぎゅっと引き締め、ポロポロと涙を溢《あふ》れさせる。

「ありがとう、大好きだよ……」

しばらく見つめ合うと、どちらからともなく顔を近づけて、ぎこちなく唇を重ねる。柔らかな感触は、体内に取り込んだ彼女の血を呼び覚ますように、身体《からだ》の芯を熱くする。

星の瞬《またた》きほどの僅《わず》かな時間で、ふたりは顔を離す。

いくらか冷静になると、気恥ずかしい静寂が広がる。カイエは、瞳《ひとみ》の朱色と同じほど、頬《ほお》も額も真っ赤に染まる。

バートは照れ臭くて、目を泳がせる。

「あ、見て、月がきれいだ」

カーテンの隙間から、銀色の満月が見える。

カイエのまつ毛についた涙がきらりと光る。

「覗《のぞ》き見。月なんて、やっぱり大嫌い」

そう言って、カイエは魔法をかけるように、人差し指をスッと月に向ける。

「月の瞳《ひとみ》に宇宙船を着陸させて、もう見られないようにしてあげる」

二〇世紀の初頭、世界初のＳＦ映画では、砲弾型の宇宙船が、月の瞳に接吻《せっぷん》をした。

それから六〇有余年、今度は、空想を科学の力で実現する。

☽☽☽

翌朝、バートは眠い目をこすりながら着替えて、朝食へ向かう準備をする。

カイエに想いを告げたあと、翌朝の会議を考えて、互いの部屋で眠ることにした。いろいろと考えてしまって、結局、あまりよく眠れなかったのだが。

部屋を出たところで、カイエとばったり出会う。意識してしまうが、いつもどおりに「おはよう」とバートが挨拶《あいさつ》すると、「うん、おはよう」とカイエは微笑《ほほえ》む。これまでと大きく何かが変わったわけではないけれど、モヤモヤとした感情はなくなり、いくらか気分が爽快《そうかい》だ。

食堂の配膳カウンターで、食事を受け取る。献立はいつもどおり質素なお粥と目玉焼き。

——と思いきや、湯気の立つブリュシチと、桜桃のケーキがある。

「これは……?」

困惑するバートに、配膳係は無言でニコッと微笑む。カイエも同じ食事を出されて、首をかしげる。同僚の食事を見ると、全員がお粥と目玉焼きだ。

「昨夜のお詫《わ》びかな……?」

気遣いをありがたく受け取り、席につく。

すると、料理人がやってきて、バートとカイエの真ん中に、連合王国では見たことのない肉の煮凝り《ホロデーツ》という料理と、飾り模様のある小型の丸パンをさりげなく置く。そして何も言わずにすたすたと去る。

「これもお詫びか……」

「あっ……!」

カイエは訝《いぶか》しげにパンを見て、ひそひそと言う。

「このパンに似たもの、見た記憶がある……」

「どこで?」

「ミハイルさんとローザさんの結婚式のニュース……」

そう言われて、バートもテレビで見た光景を思い出す。たしか、巨大な飾りパンに二羽の白鳥が愛の象徴として描かれていた。目の前にあるパンはそこまで豪華ではないけれど、同じ種類に思える。

バートはギョッとなる。

「つ、つまり、これは……」

お祝い?

なぜ……と疑問を抱くが、すぐに氷解する。

――盗聴。

バートとカイエが配膳カウンターを横目で窺《うかが》うと、共和国の人びとはスッと目を逸《そ》らす。

絶対に盗聴だ。バートは全身が燃えるように熱くなる。耳の先まで真っ赤になったカイエは激しく動揺する。

「と、盗撮は……ないよね」

「うぁぁ……」

昨夜を思い返すと、胃が痛くなる。朝食を手に通りかかったデイモン部門長は、ふたりの料理に目を留め、自分のお粥と見比べる。

「お前ら、豪華だな？」

バートはあわあわ誤魔化《ごまか》す。

「こ、これは……その、あっ……」

「……なんでもいいが、のんびり食ってて遅刻するなよ」

デイモン部門長は疑いの目を残して、去って行く。

朝からドッと疲れる……。

「カイエ、さっさと平らげて、証拠隠滅しよう……」

「そうね……」

飾りパンをちぎって、ブリュシチに浸けて食べると、温かく甘酸っぱい味が口に広がった。

☽☽☽

一九六八年九月一日。第二ミッションの打ち上げまで、一か月を切った。

ミッションの内容は、[地球周回軌道上で、『宇宙船ロージナ』と『標的機』が、ランデヴー・ドッキングできるかどうか]。

現在、ロージナを打ち上げるアルビナール宇宙基地に、ＡＮＳＡの技術者が頻繁に訪問している。また、標的機を打ち上げる連合王国のロケット発射センターには、共和国の技術者が出入りする。両国の職員が抱いていた猜疑心《さいぎしん》や競争心は、かなり薄れている。完全になくなることはないだろうが、業務に支障はない。

調整が難航していた広報活動は、両国が譲歩した。アルビナール宇宙基地からの打ち上げは、基地の場所を特定できない映像で、打ち上げ後の放映を許可。ロージナの船内撮影は、部分的に許可となった。


第二ミッションに関する世間の注目は、二か国から打ち上げられた宇宙機が、宇宙空間で接合すること。共同事業の協定が結ばれても、これまでは目に見える成果物はなかった。それがようやく、市民の観測できる場所で形になる。

このミッションが成功してはじめて、市民は国際協調を実感する。もしも失敗したら、関係が悪化するのではないかと恐れる者もいる。

世間がどう思おうと、現場で働く者たちは、やることをやるだけだ。

合同会議を終えて連合王国に帰国したバートとカイエは、今回の成功を確信している。これまで共和国が失敗し、それを隠蔽《いんぺい》していたのは、競争による焦りがあったからだ。共和国には優秀な技術者がたくさんいる。第二ミッションに搭乗する連合王国の飛行士スティーヴ・ハワードも、共和国の飛行士の腕を褒《ほ》め称《たた》えている。

まもなく、歴史に新たな一頁が刻まれる。

間奏三

一九六八年九月二五日。『サユース計画』第二ミッション、打ち上げ当日。

熾烈《しれつ》な競争を繰り広げてきた東西の二大国は、史上初の共同有人宇宙ミッションに挑む。宇宙船名はミッションに合わせて『ロージナⅡ号』と決まった。


まず、共和国はアルビナール宇宙基地より、飛行士三名を乗せた『ロージナⅡ号』の打ち上げに成功。ついで、連合王国はロケット発射センターから『標的機』を打ち上げる。

両国から打ち上げられた二機は、全世界市民の頭上で、地球周回軌道へ入る。

そして二機は、時間をかけた慎重な調整を経て、ランデヴーに入る。『ロージナⅡ号』は『標的機』への接近を開始。トラブルはない。ゆっくりと距離を狭めて、まずはランデヴーを成功させる。

アルビナール宇宙基地の管制室から、宇宙飛行士へ通信を入れる。

「ロージナⅡ号、標的機、ともに問題なし」

《――了解》

ここからが本番、ドッキングを開始。『標的機』からの信号を、『ロージナⅡ号』が受信する。ドッキングシステムのレーダーに捕捉の表示が出る。

管制室の画面を管制官が注視する。『ロージナⅡ号』は想定速度を超過し、『標的機』に接近しているように見える。管制官は宇宙飛行士に問う。

「速すぎないか？」

宇宙飛行士は返す。

《――減速する。手動に切り替える》

「了解。手動で頼む」

共和国は反省を活かして、スムーズに切り替えを行う。高度な技術が要求される手動ドッキングへ。偽のランデヴーの汚名返上を狙《ねら》う船長ジョレス。タイミングを計り、衝突に注意して『標的機』に接近。ドッキングモジュールを標的に接触させ、滑らかに、所定の位置に収める。留め金がかかる。

《――捕らえたぞ》

冷静な声が、管制室に届く。二か国の宇宙機は、宇宙空間で接合した。全システムの動作も正常。

「やったぞ！」「成功だ！」

両国の管制室に歓声が沸き、拍手が巻き起こる。二か国の技術者や職員が握手を交わし、抱き合ってよろこぶ。

歴史的な瞬間だが、第二ミッション全体は完了していない。

つぎは、宇宙飛行士が『標的機』に移乗して、目的物を取ってくる。

ドッキングモジュールのハッチを開けるには、両機の気圧を同じにしなければならない。数時間かけて調整するあいだに、宇宙飛行士は地球の人びとへ挨拶《あいさつ》をする。

連合王国の宇宙飛行士、スティーヴは語る。

「こんにちは、昼の世界の皆さん。連合王国の夜景は美しく、星々が輝いているようです」

共和国の宇宙飛行士、ジョレスは語る。

「こんばんは、夜の世界の皆さん。共和国の大地は美しい緑に包まれています」

全世界の視聴者はテレビに釘付けになり、二か国の宇宙飛行士による観光案内を聞く。

そして宇宙飛行士は、二か国の首脳から祝いの電話を受ける。

連合王国の首相は落ち着いた声で語りかける。

「両国の平和への取り組みが、今回の歴史的飛行を実現しました」

共和国のゲルギエフは喝采《かっさい》をあげる。

「今日という日が、国際宇宙時代のはじまりになるでしょう！」

しばらくして、両機の気圧が同じになると、宇宙飛行士二名による移乗が行われる。『標的機』の中には、打ち上げ前に連合王国で積まれた品々が入っている。記念植樹用の種。国旗、宇宙食。そして、ククーシュカのぬいぐるみ。

宇宙飛行士はククーシュカのぬいぐるみを救助して『ロージナⅡ号』に戻ると、天井から吊り下げられた、黒竜のぬいぐるみの横に吊《つる》す。

両国の象徴がふわふわと無重力で踊る。

概《おおむ》ね上手《うま》くいったが、ひとつだけトラブルが起きた。宇宙食の袋が破れて、苺《いちご》飲料が船内に飛び散り、窓を桃色に染めた。宇宙飛行士は「地球は桃色だった」と冗談を言う余裕もある。

ミッションの最後に、両国の宇宙飛行士は、宇宙から記者会見を行う。

《――今回の冒険で、我々は宇宙空間で協力できることを証明したのです》

第五章　夢と野望の果てに

深緑の瞳　Очи Темно-зеленые

九月も後半に入ると、サングラードの木々は黄金の衣を纏《まと》いはじめる。市場には農作物が溢《あふ》れて、一年でもっとも美しく豊かな日々を迎える。

この時期にリュドミラの心を躍らせるものは、養蜂業者が集まる蜂蜜《はちみつ》祭だ。甘い香りに包まれた催事場で、好みの味を探して回る。

そして、今年は蜂蜜祭とは別個に、宇宙開発の楽しみも進行している。

『サユースⅡ号』が帰還すると、各国のメディアは「冷戦の終結」と報じ、世界中で国際平和と月面着陸への期待が高まっている。共和国の市民も、より良い未来の到来を想像し、催事場は明るい空気に包まれて、養蜂業者たちも、暮らしが豊かになるだろうと談笑する。宇宙飛行士の凱旋《がいせん》パレードが、まもなくサングラードで催される。リュドミラも、我が駒たちを祝福するつもりでいる。

しかし、そんな祝祭は虚構だ。

リュドミラは菩提樹《ぼだいじゅ》の蜂蜜を購入しながら、浮かれる市民を内心で侮蔑《ぶべつ》する。

核戦争の危機を起こした二か国が、宇宙空間で手を結ぶことは、たしかに奇跡的だ。けれども、たかが宇宙機の接合で、両国関係のすべてが解決するほど、物事は単純ではない。異なる主義や主張はどちらか一方が消えるわけではない。

共和国の近隣国で、民衆によるクーデターが起きたが、操り人形のゲルギエフは軍事介入せずに、変革の成功を見届ける。逆に、新たに共和国へ歩み寄る国家も現れ、世界の再編が行われる。連合王国内では、人間と新血種族の小競り合いがつづく。要人や活動家が殺される。宇宙空間で行われた平和的な儀式の下で、地球に生きる者は激しく争い、メディアは煽《あお》り立て、深い溝に血が流れ込む。

権力者たちは、かりそめの祝祭を華々しく演出し、舌の上に濃厚な蜂蜜をのせて、愚かな民衆を甘い言葉で騙《だま》すのだ。それぞれが、それぞれの野望を果たすために。

リュドミラにとっては、月着陸など序章に過ぎない。第二ミッションの成功は、そのための第一歩。第三ミッション以降は、連合王国の科学力にかかっている部分も大きいが、やってくれるだろうと期待する。

しかし、もどかしい。死に対する勝利という人類の最重要課題を大義に掲げても、ひとりの力では、どうにもならない。

「っ……」

またた。

リュドミラは腹部を手で押さえる。虚構に浮かれる人類と気持ちが乖離《かいり》しすぎているせいだ

ろうか、最近、吐き気がする。月へ近づくほど気分は高揚する一方で、身体《からだ》の内側に妙な違和感が生まれ、不愉快な胃痛がする。

好みの蜂蜜《はちみつ》を食べれば多少は治まるかと考えたが、時間が経つにつれて、痛みが増す。額に脂汗がじわりと浮き出る。幸福で満たしてくれるはずの甘い香りを、身体が拒否する。

病院に行くべきか。

「うっ――」

突然、腹部が捻じ切れるような猛烈な痛みに襲われた。耐えきれず、片膝《ひざ》を地面につく。身体が言うことを効かない。

蜂蜜の載った台を倒しながら、リュドミラは大地に崩れ伏す。瓶《びん》が落ちて割れる音。人びとの悲鳴が鼓膜の奥に反響する。

胃から熱いものが込み上げ、口から吹き出す。吐瀉物《としゃぶつ》に血が混じっている。甘い香りと饐《す》えた匂《にお》いが鼻をつく。視界が黒紫色に染まる。病院へ。這《は》いずる。額に鋭い痛みが走る。割れた硝子《がらす》で切れた。蜂蜜と血液と吐瀉物で顔はぐちゃぐちゃになる。鼻から温かい血がどろどろと流れる。鉄のような味が口に広がる。

毒か。

いつ

どこで
誰が
誰が
だれ　が

一九六八年九月二五日。

レフとイリナたち飛行士一同は、第二ミッションの凱旋《がいせん》パレードに出席するため、一時共和国に帰国する。

宵闇《よいやみ》の空港まで迎えに現れたヴィクトール中将は、重い顔つきで、リュドミラの死を報告する。レフたちは連合王国を出国する前に、彼女は意識不明の危篤だと電話で伝えられていたので、死を聞かされても、声をあげるほどの衝撃はない。

サングラードへ移動する車内で、死の詳細をレフは知る。

リュドミラは一週間前に催事場で倒れ、高官専用病院に担ぎ込まれ、極秘で治療を受けていたが、意識を取り戻さないまま呻《うめ》きつづけ、息絶えた。毒物中毒の症状が出ており、毒殺が濃厚。犯人は不明。最高指導者の側近の暗殺は、国家運営に関わる事件であり、真相を表沙汰《ざた》にはせず、国営通信《ТАЦС》は『病気による急死』として報じている。

リュドミラの死は、レフの心に一点の染みを落とす。

しかし、哀れむ気持ちは起きない。

彼女は強硬すぎた。いつ殺されてもおかしくなかった。そしてまた、彼女自身、そういう覚悟で臨んでいたのだろう。結局、彼女の本心はわからないままだ。嘘《うそ》を吐《つ》きつづけて、まるで存在自体が嘘だったように消えていった。

レフにとっての目先の問題は、暗殺を企てた者が誰か。場合によっては、宇宙開発計画が止まりかねない。

その不安はイリナも同じだったようで、ヴィクトール中将に訊《たず》ねる。

「『サユース計画』はどうなるの？」

「継続すると指導部は言っている。万が一、暗殺の首謀者がクーデターでも起こせば一大事だが、それはないと考える。連合王国の飛行士に危害を加えることもないはずだ」

根拠は、ゲルギエフが凱旋パレードに顔を出す予定であること。ゲルギエフは臆病なので、もし犯人がわかっていなければ、部屋に閉じこもるはず。しかし、堂々と表に出てくる。おそらく、犯人側から接触が有り、毒殺についての話し合いがなされているのだろう。

ヴィクトール中将の推測では、首謀者は、彼女の属する秘密組織の者。殺害の目的は、好き放題やり過ぎた者の粛清。そう考えれば辻褄《つじつま》が合う。〔運送屋〕の幹部も同様の考えだという。

目的のためなら邪魔者は排除する。その古く短絡的なやり方にレフは嫌気がさす。だが、憤《いきどお》りをぶつける相手など存在しない。表の世界に生きる者には触れられない闇の奥に、真の権力者たちは潜んでいる。

果たしてその連中は、『サユース計画』をどういう目で見ているのか。有人月面着陸を、世界の動乱に利用する気なのか。リュドミラの言った連邦の解体は本当だったのか。

もし、宇宙開発を悪用されるのだとしても、レフは月への道を進むという意志は変えない。この世界は悪意に溢《あふ》れ、暴力や争いに満ちている。それは、権力者も貧民も関係ない。生きているだけで心身ともに汚される。満ち足りた幸福や完全な平和など、子どもの読む絵本の中にしか存在しない。

そんな絶望的な世界でも、金の無駄だと非難される月面着陸に価値を見出して、二か国での共同事業に期待する人たちがいる。サングラードに第二ミッションの凱旋《がいせん》パレードを見に集まる人びと、全世界で『サユースII号』の成功をよろこぶ人びと。両国の飛行士や技術者たちもそうだ。

もしかしたら、月面着陸の歓喜など、たった一瞬かもしれない。地球上の最高地の登頂や極点の踏破と同じで、達成しても市民の暮らしが劇的に変わるわけではない。何年かしたら偉業など忘れ去られ、日常に溶け込んでいくのだろう。

しかし、成し遂げたその一瞬に、明るい未来を見られるのなら、宙《そら》に夢を見る人たちにとっての希望になれるかもしれない。短い人生の、ある瞬間に、闇夜《やみよ》を照らす光のような出来事になればいい。


けれど。

隣で車窓を眺めるイリナに、レフは心の中で語りかける。

君の隠している気持ちが、わからない。世界中の人に希望を与えられても、君が哀《かな》しい気持ちになるのなら、月へ行く意味などない。

何のために月へ行くのかと問われれば、君のためと答えよう。

だから、君が望む未来を、必ず用意する。

その上で、人類未到の月面に立つ。

［月面着陸編・下］へつづく

あとがき

星町編を挟んで、大変長らくお待たせしました。

五巻までは史実の流れに沿って進んできましたが、今巻からは『非合法書籍』の影響で、現実にはなかった『有人月面着陸の共同事業』へ分岐しています。

そして、その計画を、かなりのページを割いて載せました。ふつうのラノベならあり得ないですが、六巻まで読んできた皆様なら、ふつうじゃなくても大丈夫だと信じて、「ええい、ままよ」と。あれは私ひとりで考えたものではなく――（後述します）。

現実では、ケネディ暗殺とフルシチョフ解任がなければ、共同での月着陸が行われた可能性があったようで、歴史のｉｆではありますが、本書の世界には吸血種族もいますので、いろいろと異なります。

両国間のやり取りの雰囲気や第二ミッションの国際協調部分は、米ソがランデヴー・ドッキングをした『アポロ・ソユーズテスト計画（一九七五年）』を参考にしてますが、コンピューターの載せ換えなどなく、不気味なバスはたぶんなかった（ないと言いきれないのが怖い）。

また【P01】は、現実では子どもの悪戯《いたずら》で発覚したなど、虚実入り乱れてるのは相変わらずです。

ところで話は変わりまして、帯にも載ってますが、アニメ化です！　毎巻書いてきましたが、読者の皆様の応援あってのことですので、本当に感謝してます。

六巻の発売時点でどこまで情報公開されるか不明なので、詳細は控えます。最新情報は、公式ツイッター@LAIKA_animeなどから入手してください。最近は毎週アフレコに行ってます。

この流れで謝辞に。

まず、『二か国共同事業』の中身は、宇宙関係の著作で著名な松浦晋也様から多くのアイデアや助言を頂戴しました。アニメの監修にも入っていただいて、深く感謝してます。

そして、企画立案から五巻までの担当・田端《たばた》氏。偶然タイミングが重なったにせよ、アニメ化を置き土産に旅立つという、優勝請負人みたいな仕事は忘れません……。

現担当の湯浅氏、リモート環境の中、様々な対応していただきありがとうございます。

かれい先生、『シ○ルスキ』での宣伝、あっ、ありがとうございます（驚愕《きょうがく》の顔）。


下巻は遠くない未来には出す予定なので、しばしお待ちください。しかし、星町編のあとがきを書いていたころは、マスク必須の世界になるとは思いませんでしたね。今巻を執筆中、（これはふたりが密じゃ……いや、関係なかった）と何度か虚実入り乱れました。

アフレコも密を避けてやってます。皆様も健康にお気をつけて。では。

牧野《まきの》圭祐《けいすけ》

GAGAGA
ガガガ文庫

月とライカと吸血姫6 月面着陸編・上

牧野圭祐

発行　2021年3月23日　初版第1刷発行
2021年9月14日　第2刷発行

発行人　鳥光 裕

編集人　星野博規

編集　湯浅生史

発行所　株式会社小学館
〒101-8001 東京都千代田区一ツ橋2-3-1
[編集]03-3230-9343 [販売]03-5281-3556

カバー印刷　株式会社美松堂

印刷・製本　図書印刷株式会社

Printed in Japan ISBN978-4-09-451886-3

第16回小学館ライトノベル大賞 応募要項!!!!!!!!!!!!!!!!!!!!!!!!!!!!!!

ゲスト審査員は磯 光雄氏!!!!!!!!!!!!!!!!

賞：200万円＆デビュー確約
ガガガ賞：100万円＆デビュー確約
秀賞：50万円＆デビュー確約
査員特別賞：50万円＆デビュー確約

第一次審査通過者全員に、評価シート＆寸評をお送りします

容 ビジュアルが付くことを意識した、エンターテインメント小説であること。ファンタジー、ミステリー、恋愛、などジャンルは不問。商業的に未発表作品であること。
人誌や営利目的でない個人のWEB上での作品掲載は可。その場合は同人誌名またはサイト名を明記のこと）

考 ガガガ文庫編集部＋ゲスト審査員 磯 光雄

格 プロ・アマ・年齢不問

稿枚数 ワープロ原稿の規定書式【1枚に42字×34行、縦書きで印刷のこと】で、70～150枚。
書き原稿での応募は不可。

募方法 次の3点を番号順に重ね合わせ、右上をクリップ等（※紐は不可）で綴じて送ってください。
作品タイトル、原稿枚数、郵便番号、住所、氏名（本名、ペンネーム使用の場合はペンネームも併記）、年齢、略歴、電話番号の順に明記した紙
800字以内であらすじ
応募作品（必ずページ順に番号をふること）

募先 〒101-8001 東京都千代田区一ツ橋 2-3-1
学館　第四コミック局　ライトノベル大賞係

ebでの応募 GAGAGA WIREの小学館ライトノベル大賞ページから専用の作品投稿フォームにアクセス、必情報を入力の上、ご応募ください。
ータ形式は、テキスト（txt）、ワード（doc、docx）のみとなります。
Vebと郵送で同一作品の応募はしないようにしてください。
一回の応募において、改稿版を含め同じ作品は一度しか投稿できません。よく推敲の上、アップロードください。

め切り 2021年9月末日（当日消印有効）
Veb投稿は日付変更までにアップロード完了。

表 2022年3月刊『ガ報』、及びガガガ文庫公式WEBサイトGAGAGAWIREにて

意 ○応募作品は返却致しません。○選考に関するお問い合わせには応じられません。○二重投稿作品はっさい受け付けません。○受賞作品の出版権及び映像化、コミック化、ゲーム化などの二次使用権はすべて小館に帰属します。別途、規定の印税をお支払いいたします。○応募された方の個人情報は、本大賞以外の目的利用することはありません。○事故防止の観点から、追跡サービス等が可能な配送方法を利用されることをおすすします。○作品を複数応募する場合は、一作品ごとに別々の封筒に入れてご応募ください。